# 1970・11・25 三島由紀夫 AT ICHIGAYA

Author IIDA MOMO
いいだもも 著

Commenta
MIYADAI SHIN
宮台真司 解説

Mishima Yukio

明月堂書店

# 【解題】review of subject

➡本著は、いいだもも著『1970・11・25三島由紀夫』（世界書院、二〇〇四年刊）の復刻版である。

➡『1970・11・25三島由紀夫』の初版は、都市出版社より『三島由紀夫』と題して、一九七〇年一二月二〇日に刊行されている。三島自決からわずか一ヶ月を待たずに編まれたことになる。自決に、当時左右を問わずいかに大きな衝撃を受けたかを物語る如実な一例と言っていいだろう。

➡都市出版社版の復刻に当たっては、かかる当時の雰囲気がよりリアルに伝わることを念じて、自決当日の演説及び檄文を新たに収録し、その分、旧稿を若干割愛せざるを得なかった。

➡本著の収録作品は世界書院版をそのまま踏襲している。

# 演説採録
# MISHIMA SPEAKS AT ICHIGAYA

諸君は、去年の一〇・二一から後だ。
もはや憲法を守る軍隊になってしまったんだよ。
自衛隊が二〇年間、血と涙で待った憲法改正ってものの機会はないんだよ。
もうそれは政治的プログラムから外されたんだ。
ついにはずされたんだ、それは！
どうしてそれに気がついてくれなかったんだ！
昨年の一〇・二一から一年間、オレは自衛隊が怒るのをまっていた。
もうこれで憲法改正のチャンスはない！
自衛隊が国軍になる日はない！　建軍の本義はない！
それを私は最も嘆いていたんだ！
自衛隊にとって建軍の本義とはなんだ！
日本を守ることだろう。

# 三島由紀夫演説採録

Reprint of Speech recording

日本を守るとはなんだ！
日本を守るとは、天皇を中心とする歴史と文化の伝統を守ることである。

おまえら聞け！　聞け！
静かにせい！　静かにせい！　話を聞け！
男一匹が、命をかけて諸君に訴えてるんだぞ。

いいか！
いいか！
それがだ、いま日本人がだ、ここでもって起ち上がらなければ、
自衛隊が起ち上がらなきゃ、憲法改正ってものはないんだよ！
諸君は永久にだね、ただアメリカの軍隊になってしまうんだぞ！

諸君と日本の…………聴取不能…………アメリカからしかこないんだ。
シビリアン・コントロール…………聴取不能…………
シビリアン・コントロールに毒されてんだ。
シビリアン・コントロールというのはだな、
新憲法下でこらえるのが、シビリアン・コントロールじゃないぞ。
…………聴取不能…………
…………
…………
そこでだ！　オレは四年待ったんだよ！
オレは四年待ったんだ！　自衛隊が起ち上がる日を。…………聴取不能……
……そうした自衛隊の……
最後の三〇分に、最後の三〇分に……待ってるんだよ。

諸君は武士だろう！

諸君は武士だろう！

武士ならばだ、自分を否定する憲法をどうして守るんだ！

どうして自分を否定する憲法のため、自分らを否定する憲法というものにペコペコするんだ！

これがある限り諸君てものは永久に救われんのだぞ。

諸君は永久にだね、今の憲法は政治的謀略に、
諸君が合憲だかのごとく装っているが自衛隊は違憲なんだよ。

自衛隊は違憲なんだ！
キサマたちも違憲だ！
憲法というものは、ついに自衛隊というものは、
憲法を守る軍隊になったのだということにどうして気がつかんのだ！

どうしてそこに諸君は気がつかんのだ！
オレは諸君がそれを絶つ日を待ちに待っていたんだ。
諸君はその中でも、ただ小さい根性ばっかりに惑わされて
本当に日本の起ち上がる時はないんだ！
（「そのために、われわれの総監を傷つけたのはどういうわけだ」
といった意味のヤジにこたえて……）
抵抗したからだ。
憲法のために、日本を骨なしにした憲法に従ってきた、ということを知らないのか。
諸君の中に、一人でもオレといっしょに起つ奴はいないのか。

（五秒ほどの間）

一人もいないんだな。
よし！
武というものはだ、刀というものはなんだ。自分の使命……（聴取不能）
……
……
それでも武士か！
それでも武士か！
まだ、諸君は憲法改正のために起ち上がらないと、見極めがついた。
これでオレの自衛隊に対する夢はなくなったんだ。
それではここで、オレは天皇陛下万歳を叫ぶ。

（おい、おりろ！）
……ヤジ

# CONTENTS



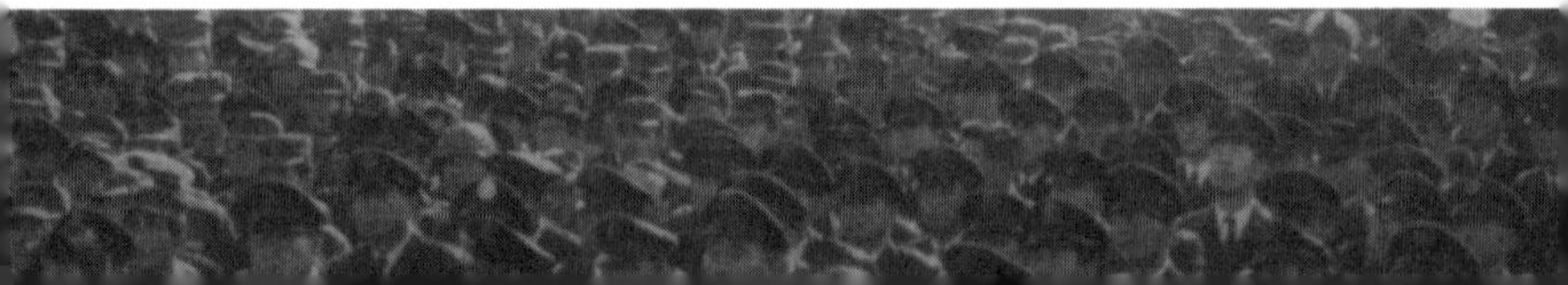

# Mishima AT ICHIGAYA 目次

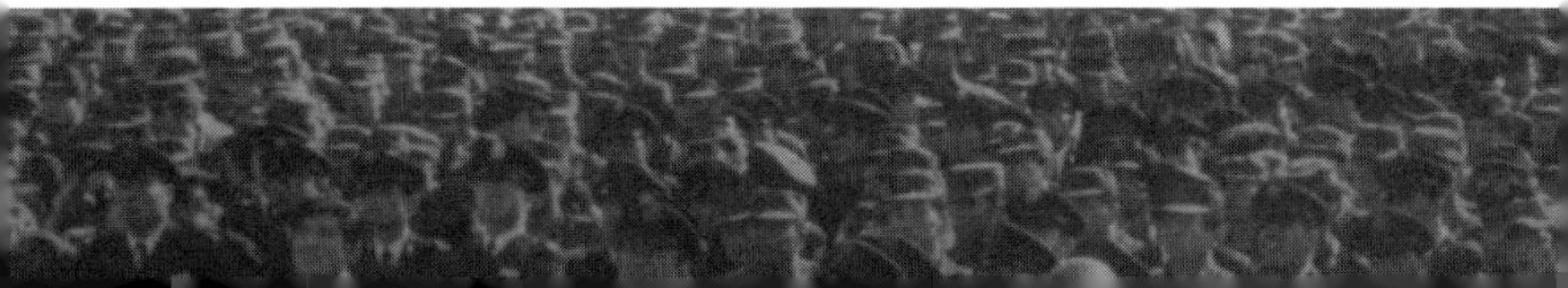

Mishima
AT ICHIGAYA

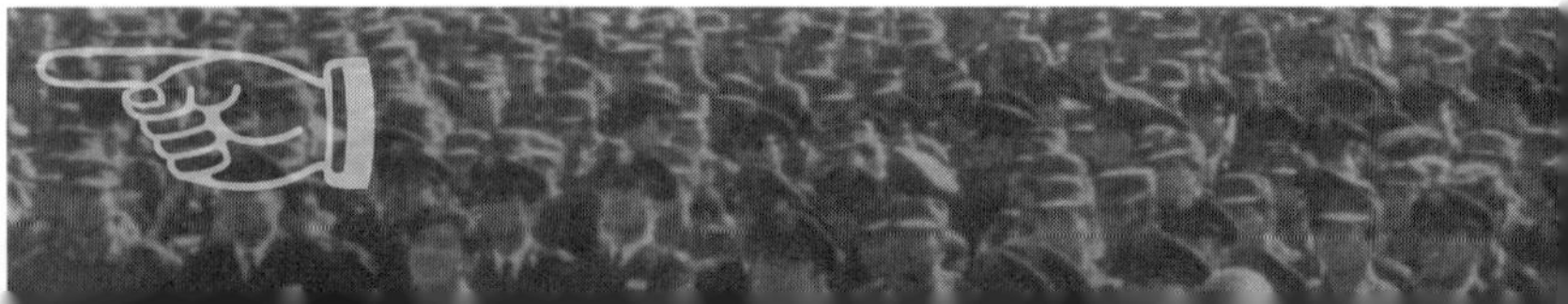

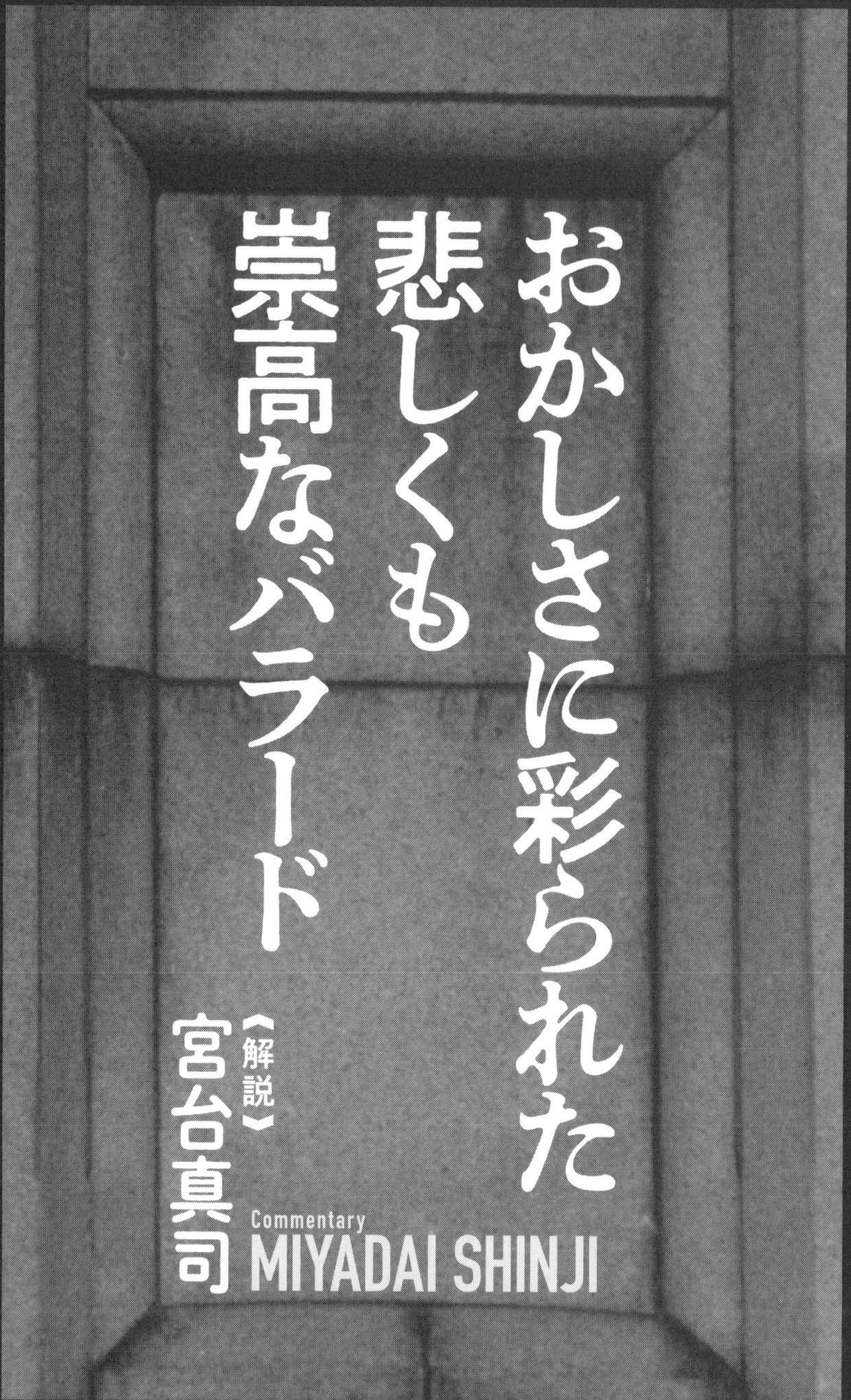

# おかしさに彩られた悲しくも崇高なバラード

〈解説〉宮台真司

Commentary
MIYADAI SHINJI

《Commentary》

＊

一九七〇年一一月二五日、自衛隊市ヶ谷駐屯地に作家の三島由紀夫ほか「楯の会」のメンバー数名が日本刀を持って乱入。人質をとってバルコニーで「決起」を促す演説をするも、自衛隊員の野次と怒号を浴びるだけだと知るや、自決に及ぶ。そういう事件がありました。

本書は東京大学法学部で三島と同級だった評論家のいいだもも氏が、事件の前後に三島について書いた文章、三島と行なった対談、三島について行なった対談を集めて、緊急出版したもの。今の若い人たちが読むのに助けになるような前書きを書くのが私の仕事です。

三島は擬古調の古典主義から美的に錯乱したロマン主義へと移行した小説家として知られています。その彼がどんな思想的ないし実存的な理由で死に至ったのかを分かりやすく説明せよという依頼だと思います。いろんな意味で荷が重い仕事ですが、やってみます。

三島はとりわけ六〇年代後半になると時代批評的な文章を量産するようになります。彼自身の言によれば、表現ではなく行動を自己鼓舞するための表現であり、なおかつ、そうした自己鼓舞の結果なされた行動からの学びを表現して、自己鼓舞へと活かすものです。

こうした一連の文章については、評論家の橋川文三氏(『三島由紀夫論集成』)や本書のいいだ氏による言及が典型的ですが、同時代の優秀な知性によって、少なからず軽侮の対象として扱われています。それは、一連の文章があまりにも陳腐で滑稽だからです。

三島の時代批評は全て例外なく「AでなくB」という否定の図式で書かれていて、それを意識すると異様に分かりやすい。そうした分かりやす過ぎる(＝陳腐な)思考によって一流の作家が自死に至るとはどういうことか、と同時代人たちは考えてしまうわけです。

宗教学の言葉では、その否定の図式は「内在でなく超越」と纏められます。分かりやすい実存のレベルでは、「女でなく男」「迷いでなく決断」「どう生きるかでなく死ぬか」「単なる生でなくどんな生」「福祉でなく精神」「無意味な生でなく意味ある死」「文でなく文武（死を賭けた物言い）」となる。

抽象度を上げると「政治でなく文化」「強制でなく自発」「制度でなく実存」「客観でなく主観」「論理でなく情念」「合理でなく不合理」「可能性でなく不可能性」「古典主義でなくロマン主義」「効果でなく無効」「表現でなく表出」「破壊でなく護持」「革命でなく維新」といった具合になる。

最も抽象的な水準では「部分でなく全体」「切断でなく連続」「忘却でなく気づき」「相対でなく絶対」「単なる相対主義でなく絶対を求める者の相対主義（唯識）」「文化主義でなく文化」「入替え可能性でなく入替え不能性」といった具合です。

とりわけ天皇がらみになると、「天皇制でなく天皇」「天皇個人でなく天皇が示す連続性（全体性）」「人格でなく非人格としての天皇」「人間宣言以降でなく人間宣言以前の天皇」「明治以降でなく明治以前の（国学的な）天皇」といった具合になっています。

こうして並べると「内在と超越」という二項対立の意味はもはや自明です。これは宗教学や神学の基本的な概念対で、「内在」とは「世界」の内にある諸事物に自足する志向。「超越」とは「世界」の内にある諸事物に自足できずに「世界」の外へと向かう志向です。

しかるに「世界」とはありとあらゆるものの全体――いわば可能世界の集合体――だから、論理的に外はありえません。しかし、どんな可能世界が与えられてもそれに自足できずに外へと向かう――いわば実数に対して虚数を志向する――態度がある、ということです。

三島をその慧眼ぶりによって恐れさせた橋川文三の言い方では（『三島由紀夫伝』）《世界に拒まれているという意識》であり、日本浪漫派とは対極的に《滅びの意識の自然な流露》ではなく、《（世界への）言語によるぎりぎりの美的抵抗》というロマン主義でした。

この部分は大切なので、どうしても腑に落ちないとマズイ。あえて分かりやすい例を出します。私のように四十五年も生きて、いろんな人間と付き合ってくると、およそ二種類に大別できることが分かってきます。あえて名付ければ、「内在」系と「超越」系です。

「内在」系は、ちゃんと生きていければ幸せになれるのだから、ちゃんと生きて行こうとするタイプ。「超越」系は、どんなにちゃんと生きても不全感が消えない、文学的に言えば破滅型のタイプ。言い換えれば、自足できるタイプと、自足できないタイプです。

これは私が『終わりなき日常を生きろ』などで示した宗教志向の二類型とも重なります。宗教には「幸せになろう」として、自分にどうにもできないものを呪術やまじないなどで何とかしようとする現世利益追求的な「行為」系宗教がありますが、「内在」系に重なる。

これとは別に宗教には、自分が現世的な意味で幸せであろうがなかろうが「ここはどこ？　私は誰？」と問う自己意味追求的な「体験」系宗教がありますが、これは「超越」系に重なります。ちなみに現存する宗派には、「行為」系と「体験」系がブレンドされています。

なるほど、自分は「内在」系（「行為」系）だな、あるいは「超越」系（「体験」系）だな、と思われた方も多いでしょう。ダメ押しで卑俗な例を出します。例えば私のところに寄ってくる女性たちは、なべて「超越」系です。私にそういう匂いがするからでしょう。

「内在」系の女性たちと「超越」系の女性たちの決定的な違いがあります。前者に比べて後者には圧倒的に性的な変態さんが多いのです（笑）。「内在」系はそういうプレイの話を聞くと「何それ、信じらんない」と反応するが、「超越」系は鼻をうごめかせます。

解釈もまた通俗的で恐縮ですが、「超越」系はエロスとタナトスが近接しています。「内在」系はセックスにおいても自分であろうとしますが、「超越」系は逆に自分を消し去ろうと——いわば死のうと——します。後者は文字通りエクスタシー（脱自）を志向します。

三島の戦後日本社会への苛立ちは、一口で言えば、文化的形象の全てが「内在」——便利さや快適さといった入替え可能な属性（実数性）——へと堕落し、「超越」——モノの属性には還元できない入替え不可能な全体性（虚数性）を失ったことへと、向けられます。

社会観察やシステム観察としては「確かにその通りだ」と誰もが肯んじるでしょう。しかし、その観察を素朴に社会批判——いわゆる文化防衛論——へと結びつけてしまうところに、橋川文三氏やいいだもも氏が自決以前から三島の文章にかぎ取る滑稽さがあります。

その滑稽さは、社会システム理論の言葉でいえば、（三島の）心理システムが抱える問題を、社会システムに投射するところから来ます。戦後日本社会にもいろんなタイプの人間がいます。たかだか「三島のような人間」が戦後日本社会に耐えられないだけの話です。

社会には、三島のような「超越」系の人間もいれば、「内在」系の人間もいます。前者は「文化」という虚数的な全体性なくしては脱自（エクスタシス）の契機を失って不全状態へと頽落しますが、後者は「社会」という実数的な部分性の中に即自的に自足できます。

ここでの「文化」という言葉の用法は特殊です。三島は、社会主義体制になっても「伝統」とラベルを貼られて陳列されるような有形無形の文化財は、「文化」ではないと言う。「文化」とは、諸事物や諸行為の形式が指し示す、虚数的な全体性への帰属のことです。

三島は、歌舞伎や能の演舞であっても、虚数的な全体性が降臨しているがゆえに入替え不可能なものと、虚数的な全体性が降臨していないがゆえに何とでも入替え可能なものを識別します。逆に、文化財ではない横町のおっさんの振舞いにも、同じ差異を識別します。

哲学に詳しい人はクリプキによる固有名の議論を思い出すでしょう。固有名を冠せられる事物の固有性は属性（述語）には還元できません。属性を当てがわれる対象（主語）が入替え可能だからです。問題の固有性は、世界がその世界であることと同一だと言います。

これは論理的な問題です。しかし世界（ありとあらゆる全体）の同一性——世界の全体性——を知ることはできません。世界を外から見ることは論理的にできないからです。だから世界の全体性は、現実的（実数的）であるというより、いつも想像的（虚数的）です。

三島はここから踏み出します。「世界の全体性を虚数的に想像することなくして諸事物の固有性（入替え不可能性）を現実的に了解できない」と。これはクリプキからの明確な踏み外し。世界とは地平に過ぎず、想像されようがされまいが固有名の固有性に関係ない。

すなわち、三島の踏み出しは、たかだか一定の心理システムに帰属される（ディスポジション）傾きに過ぎません。三島自身の性格的傾向に過ぎないものを「文化」の問題として全体化する。そこに人は「死なばもろとも」的なハタ迷惑の匂いを嗅ぎ取るわけです。

それと不即不離のもう一つの滑稽さがあります。結局三島は世界の全体性を虚数的に想像する一定の仕方のことを「文化」と呼んでいます。しかしそういう「文化」は世界内に複数存在しています。最も極端な話では、全体性についての妄想が個人的に分布するだけ。

全体性についての妄想のローカリティは、全体性への欲望には矛盾しないのか。北一輝が述べたような「天皇が南海の土人の土偶の類に過ぎない」状況は三島を満足させるのか。させるならば三島は南海の土人に過ぎず、させないなら全世界を巻き込むファシストです。

加えて妄想的な個人たちを一定範囲だけ切り取って「同一の文化に属する」と判定する権利が分からない。「誰が南海の土人なのか問題」です。まさに「お前の思い込みじゃん」。そこで三島が持ち出すのが、行動が行動を呼ぶ「情念の連鎖」の事実性です（この事実性を顕在化させようとするのが三島の行動主義です）。

「情念の連鎖」とは一水会の鈴木邦男氏の言葉です。血盟団事件が五・一五事件を呼び、よど号事件が三島事件を呼び、三島事件が連続企業爆破事件を呼び、連続企業爆破事件が経団連占拠事件を呼ぶという、意気に感じるの類の「情念の連鎖」は確かに存在します。

そう。確かにないわけじゃない。どこかにチョロッとある。その程度の話であることは、市ヶ谷駐屯地のバルコニーで三島が自衛官らから浴びた罵声によって示されています。「お前たちは日本人か」と三島は叫びます。そう。確かに三島の言う意味では日本人じゃない。ならば、三島の言う日本人はどこにいるか。新古今の歌人たち？　江戸の国学者たち？　城山で自決した下級士族たち？　二・二六の青年将校たち？　「楯の会」会員たち？　一体それらの連中にどういう代表性があるのか。それこそ「お前の思い込みじゃん」です。

わが日本は近代社会のタテマエ。誰が何を思い込もうが、他人に迷惑をかけない限りOKです。ですが「オレの思い込みと同じようにオマエらも思い込め」と叫んだ途端、近代的他害原則違反という以前に、政治感覚や社会感覚のどうしようもない欠如を感じさせます。

三島自身が述べるように彼は小説書きとしては早熟でしたが、にもかかわらず、否それゆえにこそ、敗戦直後は戦後社会や戦後政治がどういうものなのかが皆目わからず、途方に暮れます。主観性の強さゆえに社会性や他者性の欠如著しく、適応不全を来したのです。

この社会性や他者性の欠如は、小説的想像力の豊かさを支えている分にはいいのですが、心理システムの問題の社会システムへの投射——思い込みの押し付け——へと及ぶに至り、滑稽な印象、あるいは彼自身の夜郎自大的な人格の痛々しさを、感じさせてしまうのです。

以上のように、三島の時評的文章——ならびにそれと一体になった自決事件――への、いいだもも氏を始めとする同時代の識者たちによる軽侮には、明確な根拠があります。三島の社会観察は至極的確なのに、激烈な批判や実践の呼び掛けを読むと私も吹き出します。

そのことは、三島の時評的文章を読む今どきの若い人たちにも同じでしょう。当然です。が、しかし、最初にこれだけ否定的なコメントを述べておいて何ですが、私は個人的に三島を憎めないと同時に、嗤うだけでは済まない重大な問題を示唆していると感じるのです。

先日、東浩紀氏の有料メルマガで、国家論から出発した私が、サブカル論や若者フィールドワーク――ブルセラ女子高生的存在の肯定――を経て、特に最近になって天皇論やアメリカ論など政治的な発言をするようになったのかを説明しました。

そこでは、ブルセラ現象を煽った果てに生じた青少年条例問題や児童買春法問題について、ロビイングを通じて責任を取ろうとしたところ、そこで実感した政治的コミュニケーションの低レベルぶりにショックを受けたから、という話をしました。

しかし、そのときは話が膨らみ過ぎるので敢えて言わなかった、もっと大きな理由があります。一口で言えば、社会の流動性が高まることによる入替え可能化が、多くの人たちを思いのほか苦しめるようになってきている事実が広範囲で露呈してきたからだ、となる。

『終わりなき日常を生きろ』という九五年の本では「オウム的なもの」は風化し「ブルセラ的なもの」が残ると予言し、その通り九六～九七年にかけて援助交際ブームがピークを迎えます。「ブルセラ的なもの」「オウム的なもの」とはそれぞれ何だったのでしょうか。

『終わりなき日常を生きろ』では、さっき紹介した宗教性の類型論をベースに、「ブルセラ的なもの」とは「行為」系――幸せになりたい系――の宗教性に、「オウム的なもの」とは「体験」系――ここはどこ？　私は誰？　系――の宗教性に、対応すると言いました。

言い換えれば「ブルセラ的なもの」は「内在」系で、「オウム的なもの」は「超越」系だということです。加えてこの本では、「ブルセラ的なもの」とは流動性に適応できる者共の謂いで、「オウム的なもの」とは流動性に適応できない者共の謂いだとも言いました。

その上で、流動性(入替え可能化)への不適応を象徴する「オウム的なもの」は、入替え不可能なものを希求するがゆえに全体性への妄想に至るから危険だとし、入替え可能な自己を軽々と流動性に委ねる「ブルセラ的なもの」の拡がりを安全だとして肯定しました。

九五年のオウム真理教事件（地下鉄サリン事件から麻原逮捕まで）は、豊かな成熟社会における「流動性への適応問題」の先鋭化を、モロに象徴する事件だったという『終わりなき日常を生きろ』における分析は妥当でしたが、長期的にみると予測は誤っていました。

「オウムが風化し、ブルセラが残る」。短期的にはそうでした。ところが長期的にはどうでしょう。「流動性を軽々とサーフィンする入替え可能化に悩まぬ者がどんどん増える」——とはならなかった。それどころか、まったく逆の現象が広く見られるようになります。

第一に、「流動性サーファー」はサウンド&ヘルシーどころではなかった。『不純異性交遊マニュアル』にも記した通り、確かに「流動性サーファー」はたくさんいます。が、その多くは、ロマンゆえの期待外れから来るトラウマを抱えたオブセッシブな連中です。

九〇年代半ばにブルセラや援交を軽々とこなした女子高生たちのその後を見ると、多くがいわゆる「メンヘル系」となり、抗鬱剤や安定剤などのおクスリに依存する子たちも出てきました。統計的に見ると、風俗の仕事も常習的な援交も二年以上続くのは極めて稀です。

昔のナンパ師仲間が言うように「流動性サーファー」に見える若い女の子たちは非流動的な大恋愛への免疫がないので「命がけの愛」をウリにする中年ナンパ師たちに簡単に転がされる。かくして非流動的な関係性の可能性を知ると、流動性に不全感を抱き始めます。

いろんな場所で紹介してきた「流動性の悪循環」も生じています。タコ足的な相手との関係の流動性からくるリスクをヘッジするために、自らもタコ足化する結果、自らの関係の流動性が高まって、今度は相手がそれに備えてタコ足化し流動化するという悪循環です。

第二に、流動性がもたらす入替え可能性ゆえに、コミュニケーションや関係性なるものに実りがないという感覚が拡がっていて、その結果、コミュニケーションや関係性からの退却——社会からの退却——が、さまざまな形で拡がっています。

典型的なのは「ひきこもり」ですが、「性からの退却」や「コミットメント（熱心な関わり）からの退却」も広汎に見られます。またそれと絡んで、自分自身の尊厳（自己価値）

を、コミュニケーションや関係性から無関連化する「脱社会化」も、問題になっています。

こうした動きに抗う形で、高い流動性を遮断して、流動性によって均質化されがちな多様性を護持するための運動――スローライフやスローフード――も拡がって来ました。同時に流動性一辺倒のアメリカン・グローバリゼーションに対する批判も強まって来ました。

かくして、近代社会につきものの社会的流動性を減らすのに必要な施策の選択を正当化するイデオロギーが、要求されるようになってきました。そこで、亜細亜主義者や三島由紀夫に見出される「入替え不能性の思想」に、言及するようになったというわけです。

九〇年代末に相次いで見沢知廉・鈴木邦男両氏の本に解説を依頼されたので、口火を切ってみました。この段階では「表現と表出の違い」とか「近代天皇制とそれ以前の天皇制の違い」といった、皆さんが議論をするときに最低限必要な知識を整える作業に当てられた。

ちなみに「表現」とは相手に理解させたり動機づけたりできれば成功で、「表出」とはエネルギーを発露して自分の気が済めば成功です。鈴木邦男氏のいう「情念の連鎖」とは、表出が表出を呼ぶという「表出の連鎖」で、それが起こるときに共通感覚が証されます。

明治以降の「近代天皇制」とは「忘却と融和の装置」で、田吾作が田吾作の言うことを聞くようにさせる、あるいは違う村の田吾作同士を融和させる機能を果たします。「元々の天皇制」（飛鳥時代まで）とはヒメ・ヒコ制に由来する「力を降ろす」ための装置です。

次に速水由紀子との共著『サイファ　覚醒せよ』ではシステム理論に基いて「社会」と「世界」の区別を語り、「社会」からやってくる力を「横の力」、「世界」からやってくる力を「縦の力」と呼び、元々の天皇制が降ろす力とは「縦の力」だという話をしました。

ちなみに「社会」とは、ありうるコミュニケーションの全体。「世界」とは、ありとあらゆる全体。原初的社会（部族段階）では「世界」と「社会」は重なりますが、社会が複雑になると「社会」の外にコミュニケーション不能な「世界」があると観念され始めます。

役割関係や権力関係のような「社会」関係の力学が「横の力」です。これに対して「世界」の本源的未規定性を呼び込んで、規定されたものを揺動させる力学が「縦の力」です。そして「世界」の本源的未規定性を暗示する規定された特異点を「サイファ」と呼びます。

哲学史に詳しい向きはお分かりでしょうが、プラトン以前のフィジクス（万物学）は「縦の力」に言及しますス(Truthes=The Stream)。プラトン以降のメタフィジクス(万物を超えるものの学)は「縦の力」を徹底的に無害化し、中立化します。

知識社会学的に言うと、フィジクスの時代とメタフィジクスの時代を分けるのは、文字の普及です。それにより、舞踏と朗誦による共振や感染から、エクリチュール（書かれたもの）による理解と伝達へと――「表出」から「表現」へと――軸足が移動して行きます。

さて第三段階では、雑誌『ダ・ヴィンチ』の編集部に依頼して、「社会」と「世界」の差異について、映画を素材にして誰にでも分かりやすく語るという連載プロジェクト「オン・ザ・ブリッジ」を九九年から開始しました。これは現在も続き、たぶん永久に続きます。

こうした準備作業ができた後の第四段階で「亜細亜主義を見直せ」との主張を始めました。流動性よりも多様性。収益価値よりも共生価値。成長よりも持続可能性。そういうオルタナティブな近代構想の嚆矢として、亜細亜主義を見直そうというのが、僕の提案です。

ちなみに「亜細亜主義」には三つの本義があります。第一が徹底的に近代化しないと欧米列強に屠られてしまう（解放の義）。第二が単に近代化するのみでは列強に従属し且つ入替え可能な場所となる(護持の義)。第三がそうならないように軍事・経済・文化的なブロック化を図れ(阻止の義)。これを社会学の最新理論で今日的に読み替えようと。

これを踏まえて最後に、入替え不能性の護持に関わる逆説を理解し、亜細亜主義の毒を抜くために、亜細亜主義者・北一輝を二・二六青年将校共々リスペクトしていた三島由紀夫の「内在と超越」のアンチノミーを紹介する段になっています。これは全て計画的です。

三島について特に問題になるのは「文化防衛論」です。第一は「政治」から「文化」を防衛せよという主張であり、第二は「博物館的文化主義」から「文化」を防衛せよという主張です。どちらも共通して、「内在」から「超越」を防衛せよ、という形式を取ります。

これは誤解をされやすいので正確に理解しましょう。これは論理的能力の不徹底を「情の論理」で埋めるような巷でありがちな振舞い（小林よしのり）とは違う。『サイファ』で述べたように、論理を限界まで使い尽くしたときに指示される領域こそが「超越」です。

だから三島は「政治＝内在」の領域では徹底的な論理性——戦略性——を要求します。ところが「政治」において徹底的に論理的であろうとする根拠それ自体は、論理の中には現れてきません。こういう場面で「文化＝超越」が、入替え不能な全体性が、登場します。

これまた『サイファ』で繰り返し述べましたが、人が過剰に合理的であろうとするなら、その理由は不合理なものに決まっています。過剰に理性的であろうとするなら、その理由は非理性的なものに決まっています。私がこう言うとき、三島が念頭に置かれています。

三島が天皇を擁護するのは、「政治＝内在」の領域ではなく「文化＝超越」の領域においてです。彼が象徴天皇制と言うとき、明治以降の「忘却と融和の装置」としての天皇の政治利用を指します。こうした内在のロジックによる天皇尊重を、彼は徹底的に退けます。

すなわち岩倉使節団系の立憲君主制構想にみるような「田吾作による天皇利用」、北一輝（二・二六青年将校とは区別される）にみる天皇親政構想にみるような「田吾作による天皇利用」、ＧＨＱの統治政策に見るような「田吾作による天皇利用」を拒絶するのです。

「田吾作による天皇利用」とは、合理主義者が、機能的に役立つという理由で、機関としての天皇を尊重する態度のことです。私が「田吾作による天皇利用」と言う場合にも、三島由紀夫の「文化防衛論」が念頭に置かれています。種明かしのオンパレードですね。

三島が——ある場合には私が——天皇へのリスペクトを持ち出すのは、こうした「内在」のロジックではありません。同じく我が師・小室直樹博士が言うような、昭和天皇の近代主義的な見識のお陰でむしろ国民は救われたとする「内在」のロジックでもありません。

そうでなく「超越」のロジックです。「世界」の全体性を（すなわち「世界」の規定不能性を）指示する「サイファ＝超越論的存在」として（すなわち「世界」の内と外に同時に属する存在として）天皇を持ち出すのです。いわば「宗教的形象」としての天皇です。

「政治＝内在（規定可能な部分性）」。「文化＝超越（規定不能な全体性）」。「天皇＝超越論的存在（規定不能な全体性を暗示する規定可能な部分性＝サイファ）」という宗教社会学的な構造が、徹底理解されなければなりません。ここまでは論理的な問題です。

こうした論理を理解すれば、「文化防衛論」がハイカルチャー(能や歌舞伎)とマスカルチャー(ヤクザ映画)の区別を認めないことで、戦後サブカルチャーの全体を擁護した理由が分かるはずです。大塚英志の言うように「文化防衛論」はサブカル防衛論なのです。

理由は、どんな「内在」も「超越」への扉となりうるからです。どんな規定された事物にも「世界」の本源的未規定性が顕現しうるからです。しかし『サイファ』で述べた通り、それでは複雑な社会は回らないので、扉を一カ所に集約する。それをサイファと呼びます。

「一木一草の天皇」ではありませんが、どんな「内在」も「超越」への扉となりうる潜在性を抱えながら、辛うじて「内在」であり続けられる。しかしそれは「超越」的な全体性へと通じる扉を天皇という形象に集約しているからだ――これが三島のロジックです。

ここまでは社会システム理論も肯んじうるのですが、そこから三島は「踏み出す」。人々が天皇――「超越」へと通じる特異点――を忘れてしまったことで、「内在」する諸事物の潜在性――一木一草の天皇――も消滅してしまったと。ここに私は疑問があるのです。

疑問は完全に論理的なものです。第一は、三島は逆立ちしているのではないかという疑問です。「内在」する諸事物から潜在性が失われてフラグメント化することへの苛立ちは分かる。でも天皇を忘れたから(人間宣言!)フラグメント化したというのは言いがかり。

いわゆる人間宣言には「私は人間である」などとは書いていない。一口で言えば「私は内在と共に歩む」と言っているだけ。その程度で「縦の力」が失せるのなら、実は最初から失せていたのです。実際三島は維新政府によって「縦の力」が削がれたと述べています。

すなわち、実際には維新政府の「政治=内在」の力が、辛うじて「文化=超越」的な全体性へと通じる扉を天皇という形象に集約させていたのではないか、という疑問です。このことは、橋川文三が「美の論理と政治の論理」で指摘する三島の矛盾に直結しています。

橋川は言います。第一に、天皇が保持する「文化の全体性」を護持するための反共だと三島は言うが、明治憲法体制下で既に(天皇の政治的利用で)「文化の全体性」が侵されている以上おかしい。そもそも「文化概念としての天皇」と「国家の論理」は両立しない。

第二に、これへの対応なのか、天皇と内政ではなく、天皇と軍隊を直結すると三島は言うが、直結の瞬間に

「文化概念としての天皇」は「政治概念としての天皇」にすり替わって「文化の全体性」を破壊することは、統帥権独立の顛末で歴史的に実証済みではないか。

要は橋川は「政治＝内在」が何事につけ防波堤として介入しないと「文化＝超越」としての天皇を維持できず、そのような「政治＝内在」の介入が「文化＝超越」としての天皇を破壊する以上、近代国家で「文化＝超越」としての天皇を維持することは不可能とする。

これに対して三島は《ギャフンと参ったけれども、私自身が参ったという「責任」は感じない》と述べています。三島は、戦後の極端な言論の自由にもかかわらず象徴天皇制が維持されている所に日本国民の一般意志（文化）を見て取れる、と論点をずらしています。

挙げ句は、制度の無秩序や言論の無秩序の中から時として天皇親政を目指す美的テロリズムというアナーキズムが生じるという「事実」に、天皇における「政治＝内在」と「文化＝超越」の結合を見出すと退却します。それなら何も戦後社会に苛立つ必要などない。

つまり「天皇を忘れたから社会がフラグメント化した」という主張は、三島の中でさえ維持できないのです。近代社会で万民が天皇を忘れないようにするには政治介入しかなく、そうすれば天皇は必ず政治的存在へと頽落し、自発性が支える文化概念から乖離します。

橋川文三に突っ込まれた三島の返答は、結局「天皇制（政治）に対するコミットメントなどありえず、天皇（文化）へのコミットメントに基づく政治行為のみがありうる」として、明治憲政を否定して二・二六テロを肯定する、というだけのものです。だがしかし。

これは「結果がどうなろうとオレは二・二六隊付青年将校につらなるぞ」という宣言と同じ。しかし「結果がどうなろうと」といった途端にそれは政治行為ではなくなり、文学的「表出」になります。そこではやはり「政治＝内在」と「文化＝超越」は結合しません。

三島のロジックへの第二の疑問は、繰り返し述べた三島の「踏み出し」に関わります。冒頭では、「天皇を通じて全体性を虚数的に想像できないと、個別のモノも人も入替え可能な存在に堕する」というクリプキの固有名論からの「踏み出し」として紹介しました。

ここでのパラフレーズでは、人々が天皇――「超越」へと通じる特異点――を忘れてしまうことで、「内在」する諸事物の潜在性――影ないしアウラのようなもの――

も消滅してしまう、という断言的な命題になります。論理的には全く根拠のないデタラメです。

確かに諸事物を入替え不能にする影やアウラを想像可能です。私自身もそうした諸事物の入替え不能性を眩暈と共に享受し、私自身入替え不能な存在たらんと憧憬します。天皇なるサイファなくしてそれは不可能だというのは、三島にとってそうであるに過ぎません。

具体的に言えば、天皇が人間宣言をして以降も、日本のサブカルチャーには相変わらず濃厚な影やアウラが刻印されています。それは必ずしも日本人にしか享受できないわけではない。世界中のクリエイターたちがこの濃密な影やアウラに憧憬する現実があるのです。

三島の言う通り天皇制に対するコミットメントなどあり得ない。私たちは制度や世界観のような統一体にコミットなどできない。いつもフラグメンツ的な具体にしか反応できない。でも和辻哲朗的に言えばそれがむしろ我々のアイデンティティーになるべきなのです。

僕たちがコミットするフラグメントのどれ一つとっても輸入ギミックでしかない。にもかかわらず、輸入ギミックの使い方という行動原則にこそ日本性が刻印されている。三島邸における和洋折衷の「モダニズム」的なケバケバしさと同じように。それでいいはず。

ですがそこにも三島の「踏み出し」が刻印されている。三島は自邸の和洋折衷を弁護して「そういうお前も五十歩百歩だろうが」「オマエモナー」的な言い方しかできない。ここに私は少年時代以来の三島の「少女趣味的な古典主義」の残響を、敏感に嗅ぎ取ります。

要は、少女趣味的な統一感がないと――天皇趣味的な統一感がないと――安心できない。そういう三島の心理システム上のディスポジション（傾き）があるだけ。しかもそのディスポジションは我々（範囲をオープンとしますが）というより、三島の個人史に由来する。

実存的な欠落――不全感や不安――を天皇趣味によって埋めようとするところに、私は三島の弱者ぶりを見出します。三島はこの少女趣味を社会に投射して、社会の文化的な欠落を天皇によって安堵してもらおうとする。「田吾作による天皇利用」とどこが違うのか。

結局は三島の心理システムのディスポジション――せいぜい個人的な趣味――へと帰属されるしかないこうした「踏み出し」とは別に、三島の「文化＝超越」としての天皇――「文化概念としての天皇」――という観念には、看過できない本質的な矛盾があります。

三島は、全体性を虚数的に想像可能にする装置であれば、天皇であっても、葉隠れの主君であっても、何であってもいいのだと、ある対談で「口を滑らせて」います。入替え不能なのは「超越」であって、「超越」への扉を開く装置なら、何であってもいいと。

要は、近代の機能主義がもたらす入替え可能性に抗するための「文化概念としての天皇」自体の機能主義的な入替え可能性という矛盾。しかし多くの論者と違い、ここに私は三島の無分別でなく、むしろ分別を見出します。彼の趣味に還元できない本質的問題を見出す。

近代人はコンビニエンスを目標とします。社会学では「手段的合理性」と言います。コンビニエントでありさえすれば手段は何でもいいから手段は入替え可能です。入替え可能な手段の中で最も(またはソコソコ)コンビニエントなものを選ぶ。それが機能主義です。

すると論理必然的に、「近代過渡期」には問題にならいことが「近代成熟期」には問題化します。「近代過渡期」とは、マートン的に言えば、目標に向けた――コンビニエンスで豊かな社会に向けた――「手段や機会の不十分さ」が問題になる「貧しい時代」です。

これに対して、「近代成熟期」とは、多くの人がそれなりに手段にアクセス可能になることで、「なぜその目標なのか」――なぜコンビニエントでなければいけないのか――が問題になる「豊かな時代」です。三島が自決した七〇年代は「豊かな時代」の始まりです。

そこでは入替え可能性が問題化する。なぜか。システムにとって人間はノイジーなファクターです。システムがうまく回るにはノイズである人間は取り除かれたほうがいい。そうならないのはシステム外に入替え不能な存在としての人間がいると信じられるからです。

人間がシステムの外たりうる段階では、人間がシステムの成否を判断すればいい。でも、人間がシステムの交換可能なリレイスイッチと化している場合、外は消え、自己目的化したシステム合理性の観点から、人間は不完全部品なのでロボットに替えた方がいいとなる。

別の言い方をすれば、不登校やひきこもり問題にも関係する「システムへの適応不全は悪か」という問題です。システムに適応している人間が肯定されるべきかどうかは、人間がシステムの外に立ってシステムの成否を判断できなければいけない。外に立てるのか。

いつの時代もシステムを批判するにはシステムの外に

ある評価基準——例えば人間——を持ち出さなきゃいけない道理です。ところが欠乏が埋められた豊かな成熟社会では、人間が何をどう評価するのか自体がシステムの産物ですから、人間は外部基準たりえません。

三島の「文化概念としての天皇」という矛盾した機能的概念は、こうした根本問題の所在を指し示しています。「文化概念としての天皇」などという言い方そのものが極めて近代主義的＝機能主義的で、ハナから「不敬な響き」があることに皆さんお気づきでしょう。

三島がこの概念を持ち出したのは、僕たちが近代主義＝機能主義に従っているだけでは「透明な存在」になってしまうからです。近代主義＝機能主義の徹底によって「透明な存在」とならないためには、機能的な装置が必要で、それが文化概念としての天皇だと言う。

もちろんこれも機能的な装置ですから「僕たちの入替え不可能性を担保する機能を持つなら、天皇でも何でもいい」というニュアンスになる。ですが、それに合意した途端に、入替え可能性という意味で、天皇を「透明な存在」にしてしまう。これは論理的問題です。

すると、まさしく論理的に言って、「文化概念としての天皇」という機能的装置を、強制的に入替え不能にしてしまうような「暴力的な具体」が、どこかで出て来る必要に迫られるのです。三島の場合は自決という形でそれが現に出てきて、みんな引いてしまった。

しかし、この飛躍というか暴力性は、彼の頭の悪さではなく、頭の良さの表れという他はない。三島が、「内在」次元で近代主義者でありつつ、「超越」次元で行動主義（自決）という形で昭和天皇という具体への帰依を示すのは、私から見ると完全に論理的なのです。

私も社会システムの評価を可能ならしめるべく、三島と同じく「機能主義化によって透明化しないための機能的装置が必要だ」という言い方をします。これはパラドックスです。しかもその機能的装置は「天皇」だというと、暴力的飛躍を感じる向きが出て来ます。

しかし今お話ししたように、このパラドックスも暴力的飛躍も、論理的徹底ゆえにもたらされる必然です。確かに天皇でなくとも同じ機能を果たすなら何でもいい。しかし何でもいいと言った途端に機能を果たさなくなる。だから暴力的飛躍が要求されるわけです。

こういう「困難な領域」の存在を指し示したというだけでも、三島の時評的文章と自決行為の組み合わせには大きな意味があります。繰り返し述べたように、問題の暴力的飛躍を「天皇への帰依」によってもたらすことは、橋川文三的な意味で、現実的に不可能です。

「だったら天皇なんか持ち出すな」と言いたい気持ちは分かります。しかし、ならば「文化概念としての天皇」に替わる、諸事物の入替え不能性を事実的に支える何か＝Xが、論理必然的に要求されます。それは、サイファのような特異点なのか、遍在する何かなのか。

今までの議論でお分かりの通り、こうした「困難な領域」はどんな近代社会にも普遍的に存在します。しかし、多くの近代国家では、この「困難な領域」は、辛うじて存在する事実性――ディスポジション（傾き）――によって埋め合わされています。日本はどうか。

アメリカにリチャード・ローティーというアイロニストがいて、僕と瓜二つのことを言っています。彼のアイロニストぶりを見ると、フランス現代思想系や左翼残党系（ポスコロ系やカルスタ系）の連中を超えるだけの、みごとな見識を示しています。

しかし、ローティー的アイロニーの必然性について理解している日本のアカデミシャンや論壇人が少ない。それが残念です。ただ、ローティを理解できるぐらいなら、とっくに三島を理解できているはず。三島への無理解がこれだけ蔓延する以上、仕方ないでしょう。

アイロニーを理解するには物事の順序があります。第一に（三島の）矛盾だと見えるものが論理的必然だと理解できるぐらいには賢くならなければいけません。第二に、賢くなった視点から（三島の）実践が文脈的にどう評価されるのかが再検討されなくてはいけない。

その点で言えば、世俗の機能的必要性――入替え可能性――を越えて、超越論的必然性――入替え不可能性――を指し示そうとすると、事実的な文脈をしっかり踏まえた上でのアイロニスト的な実践が論理必然的に要求されます。それが暴力的飛躍に相当します。

別に格好つけたり高見の見物を決め込むためにアイロニーを語るのではない。アイロニーを通じてでしか表現できない「困難な領域」があるのです。そういうアイロニーに敏感であり続ける伝統を維新以降の日本人は持っていたと思いますが、今は鈍感になっています。

私たちはそういう鈍感さをクリアする必要がありま す。クリアできるのなら天皇という表象を持ち出す必要はない。むしろ構造的問題だけ理解すればいいだけ。構造的問題を理解するための手段として、天皇をめぐるコミュニケーションの歴史を知ればいいだけです。

しかしここに私たちのハンディキャップがある。ローティの場合、米国建国史へのコミットメント――憲法バトリオティズム――が現に広く共有されている。だから「困難な領域」をブリッジするために突然彼が米国建国史を持ち出すアイロニーが、「あり」なのです。

では、日本でローティのようなアイロニストとして振る舞う場合、三島のように「文化概念としての天皇」を持ち出さないといいして、何を代わりに持ち出せるのかということが問題になります。実際に、実験をやってみましょうか。

「近代を越えるには徹底して近代である他ない」「アメリカを越えるには徹底してアメリカである他ない」。これらはローティのアイロニーですが、これは有意味です。さて「日本を越えるには徹底して日本である他ない」。はあ？　もう意味が分からないでしょう。

これは三島や僕やみなさんの表現力の問題ではない。アイロニーが依拠できるような論理以前的な事実性が、元々存在しないのかもしれないということです。あると言われりゃあるようでもあり、ないと言われりゃないようでもある。それが日本という場所なのです。

ローティーというアイロニストが敢えて持ち出す「米国建国史」の如きものを日本で探しても見つかりません。だからこそ「文化概念としてのX」といった、入替え可能なのか不能なのか分からないような、規定された表象を持ち出すしかない。そういう必然です。

これがなぜ大問題なのか。「そりゃオマエらだけだぜ」という実存問題を横に置いても、様々な派生的問題がもたらされます。例えば三島も繰り返し拘っている「愛国の本義」の問題です。すなわち彼が「愛国とは権利であり、義務ではない」という問題に関係します。

三島もよく心得ている通り、愛国とは、国民が国民的財産を獲得するべく国家を操縦しようとする自発性のことです。パトリオティズムの言語に戻れば、我々（範囲はオープン）が我々の有形無形の相続財産護持すべく一定手段にコミットしようとする自発性です。

相続財産を生命財産や家族財産の維持という具合に短絡すると間違います。

生命財産や家族の安全を維持してくれる国家は日本ならずともどこにでもありうる。むしろそうした国に移住した方がもっとよく生命財産や家族安全を維持してくれる可能性さえありえます。

　では我々の有形無形の相続財産とは何か。コミュニケーションのネットワークか。IT化が進展すれば、どこの国に移住しても元の国の親しき者たちと場所性に拘束されないコミュニケーションを継続できるようになる。するとパトリの含意する場所性は消滅します。

　ことほどさようにグローバリゼーションが進展すると、場所的なパトリはコミュニケーション・インフラ的な公共財や共有財という意味に短絡しかねません。公共財や共有財も人替え可能な機能的装置ですから、相続財産から入替え不可能のニュアンスは消えていく。

　そうなると、少なくとも自分「たち」の入替え不能性を支える機能的装置(の入替え可能性)という「困難な領域」は、多かれ少なかれ問題にならなくなっていきます。私には私の、あなたにはあなたの、全体性についての虚数的な妄想があるだけだ、というはなしです。

　愛国の本義を支えるものは場所性です。テクノロジーによる流動性の増大で場所性が消えていけば、愛国機能の半分は、公共財や共有財へのタダノリを警める倫理や監視テクノロジーに置き換わり、残りの半分は、全体性についての個人的妄想に置き換わるでしょう。

　ナショナル・ヘリティジと言った場合の想像しがたさといった日本的な事実性は、その意味で、グローバル化やIT化を見すえた場合に、少なくとも先進各国にとって遠からぬ将来に問題化することではないかと予想できます。その意味で問題は普遍的で一般的です。

　もちろんコントリビューションの自発性を支える倫理の消滅は問題ですが、究極的には「タダノリする者を見つけ出してぶっ殺す」監視テクノロジーが問題を代替しうる可能性があります。やはり問題は残り半分、すなわち全体性についての個人的な虚数的妄想です。

　高度技術が支える豊かな成熟社会では『マトリックス』が示唆するように、諸事物とりわけ自分自身の入替え不能性を信じさせるに足りる『世界』の全体性に関わる虚数的妄想は、それ自体システムの回転という非自明的な事実性によって支えられるようになります。

　ここで、三島の「文化概念としての天皇」が抱えてしまうのと等価な、「入替え不能性の入替え可能性」というパラドックスが問題になり「えます」。これが問題化しないようにするには、諸事物とりわけ自分自身の入替え不能性を、端的に断念する以外ありません。

Commentary
MIYADAI
SHINJI

# おかしさに彩られた悲しくも崇高なバラード

【解説】宮台真司

かくして冒頭の問題に回帰します。諸事物とりわけ自分自身の入替え不能性を断念しうる——入替え可能性が何の問題にもならない——存在を、東浩紀氏にならって「動物」と呼べるでしょう。「流動性サーフィン」を自由自在になしえて、且つ苦しまない存在です。

言い換えれば「内在」のみで生きうるパーソナリティー(心理システム)。そういう存在は現に大規模に存在します。私もかつて彼らに希望を託していました。しかし既に述べたように、世紀末以降の流れを見る限り、コミュニケーションは別の流れを示しています。

「内在＝入替え可能性」のみで生きうると見えた存在が、結局は不全感を抱え、「超越＝入替え不能性」を志向してしまう。しかし、とりわけ成熟社会以降の豊かな近代システムでは「入替え不能性の入替え可能性」という「文化天皇論」の逆説は不可能になります。

結論です。三島の「政治＝内在＝入替え可能性」の否定と「文化＝超越＝入替え不能性」への志向は、社会的文脈の変化に伴う論理的必然性と、彼自身少女趣味的パーソナリティーに帰属される滑稽さを、併せ持ちます。しかしこの滑稽さが問題の本質を指し示すのです。

問題を論理的必然たらしめる社会的文脈は、高度成長時代以降の戦後日本社会のあり方というに留まりません。高度技術化によって場所性をいかようにも操縦できる流動的システムが一般化すれば、どんな『超越』志向も、具体的な形をとるやギャグへと頽落します。

その意味で、三島の時評的文章と自決行為のカップリングが示す滑稽さは、単に嗤って済ませられる問題ではない。むしろ三島の先駆性が私たちに与えてくれるはずの免疫に感謝するべきなのです。そういうことを言うのが私だけだというのは、あまりにも寂しい。

# 激動の予兆

『東京新聞』70年11月26日

## 直後の感想 ——

謹んでごめい福を祈ります。大学以来の同期生であった私としては、好敵手を失いました。これは政治ではなくて、文学であるとは思いますが、それにしても演技上の好敵手を失いました。

こうした場合、死んだ者が勝ったのか、生き残った者が勝ったのかは、定かではありません。いずれにしろ、三島氏が最後の演技で象徴したものは、戦後の特異な一時代の終焉にほかならないでしょう。七〇年代の激動の予兆です。命を賭けた反革命の先行的登場です。

有る程の菊投げ入れよ棺の中　漱石

この四半世紀の戦後民主主義は、およそ死というものを忘れ果てて、あるいは忘れたふりをして、暮らし呆けてきておりますが、そのようにPHP式のマイホーム・ライフの狭苦しい、せせこましい特異な生き方を、とっぱらってみるならば、死による一種強烈な生の完成であるとか、死によるアッピール、死による呪咀《じゅそ》であるとかは、古から今にいたるまで変わることなく人間の根源的にして普遍的な実存様式として厳在することは、あまりにも明瞭です。個人にとってばかりではなく、歴史や時代にとっても、生ばかりか、死ということもまた厳としてあるのです。

八・一五を画期とする敗戦にともなう天皇制軍国主義の崩壊のなかで〝死に遅れた青年〟であった三島由紀夫氏は、すでにはやく『鏡子の家』（一九五九年）を書いた時、戦後という情婦と寝ることには倦いた、という倦怠感をもらしております。

私も政治家のはしくれですが、もしも結果論理と結果責任を重んずる政治の問題としてこれを論ずるならば、右翼クーデター未遂の一結果にすぎない三島氏の死は、きわめて冷淡に〝犬死に〟にすぎなかった、と評することができますし、ある場合には敢えてそのように冷評しなければならないでしょう。

三島氏とはいわば正反対の政治的立場から、自衛隊を解体する叛軍*闘争を小西誠元三曹などを先頭に立てながら政治工作している者として、私なりに知悉《ちしつ》しているつもりですが、サラリーマン軍隊から帝国主義侵略・治安軍隊への転化途上にある現在の自衛隊を、右翼クーデターに決起させることは、もともと、至難のことに属していたにちがいありません。

＊叛軍闘争・小西誠元三曹：1969年11月1日の「自衛隊記念日」に小西誠航空自衛隊三等空曹によって「アンチ安保」がまかれ、この決起によって1970年代に入り一連の叛軍闘争が新左翼によって闘われた（『戦後革命運動』新泉社）。

自衛隊のバルコニーから死を賭して決起を訴える三島「隊長」に対して、聴衆の自衛官が抗議の弥次をとばしている平和的光景を、テレビのブラウン管で見ましたが、政治的には事ははじめから失敗していた、と言えましょう。

しかしながら、成敗利鈍わが事にあらず、という言葉も、私たちにはあります。君は功業を成すつもり、吾は忠義を成すつもり、という言葉もあります。西郷隆盛とか、吉田松陰とか、維新の政治的先達は、そのような非政治的格言を、私たちに残しております。

政治的失敗による死のアッピールであることにおいて、三島事件は、戦後平和主義の狭苦しい一時代の拘禁衣を破り棄てて、七〇年代の予感をみごとなまでに先取りした思想的衝撃を、満天下に与えることに成功した、とみることもできます。

文学者は、不言実行ということができないだけに辛いところがありますが、今回の死は、三島美学に基づいた有言実行、言行一致として、厳密な劇的計算による大団円である、と言えます。あらかじめマスコミ対策として、檄文や遺影を手配しておいたこともふくめて、この最後の文学的演技は完璧に近いものでした。

ブラウン管上で起義を知るとは、大衆社会というものは実に便利にも、けったいなものですが、ほとんど同時中継的に天下を聳動したこのアッピール自殺の効果は、古典主義的な三島氏の意に反してなのか、それとも思惑通りなのか、まことに微妙なところがあります。

佐藤首相は、例によって例のごとくむずかしい顔をして「気が違ったとしか思えない」と評しました。中曾根防衛庁長官にいたっては、これも例によって例のごとしなのですが、被害者面《づら》を仕立てて「民主的・平和的秩序の破壊者をダンコ糾弾する」と評しました。

これらの老獪な政治的支配者の言動は、まさに三島氏をして死後においてなお憤死せしめるものがあります。

思えば、三島由紀夫氏は、彼が危機感をもってウルトラに擁護しようと志した当の支配秩序によって、三度裏切られました。

一度目は、雪の二・二六。

決起した尊皇義軍は勅命によって「逆賊」とされ、全人格の崩壊をよぎなくされた青年将校は自決を遂げざるをえませんでした。この「忠義」から自由であったものは、ひとり、「天皇陛下万歳」を拒んで刑死した北一輝だけでした。

二度目は、八・一五。

マッカーサー占領軍司令官と並んだ天皇は、「人間宣言」を発し、戦後民主主義の一時代は始まりました。三島氏が『英霊の聲』（一九六六年）をして、「などて天皇《すめろぎ》は人間《ひと》となり給ひし」とおどろおどろしく言わしめたのは、このことにかかわっていました。

今、彼が自らの死を賭して直面させられざるをえなかった三度目の裏切りは、彼の死をなお一層哀切なものとしておりますが、その皮肉きわまる政治関係において予示されているものは、もはやどちらの側からも「民主的・平和的秩序」の枠内には納まり切らない激動の七〇年代にほかならないでしょう。

# 残念ながら害毒効果は残る……。

重くて長い思想的事件だとは思う。が、私はとくにショックも受けていない。

こんなことぐらいでショックを受けるようでは、七〇年代はからだが持ちませんよ。だいたい、この死がショックだといっても、二日もすれば忘れてしまうくせに。

個人はもちろん、時代や文明も死ぬものであることは自明なのに、日本の戦後二十五年はそれらを〈ないこと〉にして「よりよく生きる」ことのみに専念し〝超大国〟とやらになった。このほうがはるかにアブノーマルだ。

切腹がショックだといっても、それは感覚、価値観の問題だ。

三島にとって、あの死は用意万端整えた覚悟の死、儀式なんであって、当然ながら辞世も紋切り型、まったく異状はない。そこが不謹慎に言えば、面白い。

おまけに自分でも「気違いざたに見えるかも——」という遺書みたいなものを残し、佐藤（総理）なんかの談話まで先取りしているんだから——すべて見通していたね。

それにしても、生きているものの思想より、こうして死んだものの思想のほうが長生きしそうだな。

イデオロギー的に言えば、残念ながら害毒効果は残ると思う。土中のカドミウムのように——。

# 三島事件の思想的位相

『統一』70年11月21日号

政治的先見をもってにせよ、詩的直観をもってにせよ、把えうるものにとっては、時代の危機は、すでにして、あまりにも深い。思想的事件としての今回の三島事件は、敵陣営の側からする、またしても、その一個の動かしがたい証明である。

危機は、さしあたりは、七〇年代の予感として、定かならぬ相貌をもって、われわれに迫りくるにはせよ、個人の耐性限度をさえも超えるものとして、この一見平穏無事な日常においてすでにあまりにも深くして、重たい。

レオン・トロッキーが語ったように革命は夢魔のごとくに人間の全能力を貧りくらう。おそらくは、真個の反革命もまた。三島事件は、先行的反革命のショウであった。

革命は密集した反革命を呼び起すことによってのみ前進しうる、とはあまりにも言い古されたマルクス主義的真理である。

革命が「平和と民主主義」的多数派の延長線上に坦々着々と進行しうる、と信ずることは、三島割腹の思想的衝撃によってさえたちまちに粉砕されざるをえない、あまりにもおめでたい進化史観にしかすぎない。一国主義的戦後にのみ適《ふさ》わしい進化史観にしかすぎない。端倪《たんげい》すべからざる歴史の弁証法は、本来的に、坦々たる順序正しき進行日程表を知らないのである。

危機の先取りが、ことを楽観的なまでに容易にするというわけのものでもない。われわれが深淵を見入りだすやいなや、深淵がわれわれを見入りだす、という。三島由紀夫もまた、未来の危機に魅せられ、捕囚されたのであろう。その意味においても、三島事件はわれわれの反面教師たりうる。

七〇年前段の階級的攻防の煮つまりが、すでに、一方において、幻の赤軍*を、他の一方において、幻の白色義勇軍**を、産み出したことを、われわれは直視しなければならない。それは幻想であるにはせよ、それ自体、リアルな階級関係に根ざした未来の予知なのである。

「気が違ったとしか思われない」と批評する佐藤首相のブルジョア的良識が異常なまでの酷薄無比さによって際立っていることを、思え。

「戦後築き上げた平和的・民主的秩序を破壊する暴徒は断乎糾弾する」という中曾根防衛庁長官の「平和と民主主義」擁護が、帝国主義的鉄面皮によって貫ぬかれていることを、看破せよ。

われわれは、もとより、三島事件を否定し切らなければならない。否定し切り、否定しつくせるだけの真の共産主義思想の立場、換言するならば、究極的に「自由か、死か」の

＊幻の赤軍・＊＊幻の白色義勇軍：赤軍派の結成は 1969 年秋。楯の会の結成は 1968 年。

選択を主動的になしうる思想の立場を、確守しなければならない。

しかしながら、三島事件を否定する場合に「平和と民主主義」的多数派の見地に立つことは、佐藤的・中曾根的な「平和的・民主的秩序」に転落することにほかならないだろう。それはたとえ「平和的・民主的革命」と言い換えるにせよ、佐藤＝中曾根と同質のブルジョア的鈍感さ、ブルジョア的残忍さ、ブルジョア的老獪さを共有することを、意味する。

一国主義的国民統合のぎりぎりの延長によって、沖縄をも併呑した排外主義的国民統合を獲得しようと企図しているブルジョア支配層、平和主義的・経済主義的浸透のぎりぎりの展開によって、沖縄を反革命基地とする〝東アジア帝国〟化を実現しようと企図しているブルジョア支配層は、さしあたり狡猾にも「平和的・民主的秩序」を前面に出すことを得策にしているにすぎない。

彼等支配層の七〇年代への決死的移行が、なしくずし的形態において貫徹されつつあるがゆえに、それに対して、「平和と民主主義」擁護的に対応することは、排外主義的国民統合にずるずるとなしくずされる結果をもたらすのみである。

三島由紀夫の体制的危機感はホンモノである。

三島事件によって、自らの「平和的・民主的秩序」の本質的不安定さをばくろされたブルジョア支配層が、周章狼狽し、「狂人」三島以上に怒り狂っていることもまた、無理からぬところである。

時代はもはや、「平和と民主主義」日本と革命的東アジアとの分断的共存のぎりぎりのところまで、登りつめてしまったのである。われわれの戦後の異常ともいうべき特異さは、これをアジア＝世界において見なければ、自覚不可能である。

試みに、チェ・ゲバラの「第二・第三のベトナムを！」というよびかけを、再読してみよ。ゲバラは言う――極限に達した対決、激しい衝突、急激な変化の時期なのに、世界大戦の起こらなかった二一年――われわれは、この貧弱な平和を甘受している、と。「だが、それが破られた諸地域でのわれわれの任務はなんだろうか？　それは、どんな代償を払っても、みずからを解放することである」と。

われわれの戦後の平和を一挙に相対化せしめるこの世界的真理を会得するには、ベトナムを見るだけで十分である。ベトナムは、二五年間の平和をではなくして、二五年間の革命戦争をたたかいつづけてきたし、たたかいつづけているのである。われわれもまた、われわれのこの貧弱な平和を、全力をつくして破らなければならないのだ。

三島の「楯の会」の政治的には嗤《わら》うべきクーデター未遂事件は、われわれとは逆の側からの、すなわち白色民間義勇軍の側からの〝叛軍〟闘争である。

それは昨秋安保政治決戦における小西誠三曹の叛軍決起と、反革命的に対応しているのである。そしてまた、三島由紀夫の死は、昨秋安保政治決戦における同志糟谷孝幸*の死に、後ればせに反革命的均衡をとっているのだ。

三島私軍の後ればせの暴発は、昨秋の先行的決戦に治安出動することのなかった自衛隊を補償する〝代行的反革命〟にほかならない。

私は、死体に群がるハイエナのように三島事件を取り扱うことを必ずしも好む者ではないが、思えば、彼と私とは『政治行為の象徴性について』**という対談において、「ひとつ、七〇年には一乗寺下り松あたりで決闘しますか」を最後の言葉として、別れた。七〇年において、個人的決闘こそなかったが、彼と私とは、やはりまぎれもなく闘争場裡に遭遇したのである。



＊糟谷孝幸：岡山大生。1969 年 11 月の佐藤訪米阻止闘争に参加。機動隊の暴行を受け死亡。
＊＊『政治行為の象徴性について』：本著 171 頁参照。

# 三島美学の終焉に立って

『サンデー毎日』70年12月13日号

〈檄〉*について、松本清張さんが文体論的批評を試みていますね。

生首が落ちている現場で、遺言の文章についてあれこれあげつらうのも、おたがい文士らしい、うつけた、ずいぶんとのんきな、そして、いささか不作法でさえある仕業に似てもおりますけれど、それはそれなりに、文士としての松本清張さんの見識をみごとに示す所業であることもまた、まちがいないところでしょう。

「小説家としての三島の文章もアジテーションとなると通俗的で平凡である。……〝三島文学〟最後の文章として失望した」と、松本さんは批評しております。

そして、二・二六事件における青年将校の蹶起趣意書と〈檄〉とをひきくらべて、〝愛する歴史と伝統の国日本〟というような美しい抽象性のままの字句でつづられていることは両者とも同断であるが、二・二六趣意書の文章の方が「〈檄〉よりはもっと三島好みの荘重さがあった」と、皮肉な断定を下しております。

「一番大きな違いは、三島の行動がつくりごとだったことであり、それが檄の文章の軽さにあらわれている」

これはこれなりに、一つの文学的見識であろう、と私は思います。ところで、こういう文体批評がよってもって成り立つ原理としては、さしあたりすくなくとも、人間というも

＊〈檄〉：本書213ページ参照。

のはつくりごとによっても死ぬことができるものだ、ということが背後に横たわっていなければならないはずです。

三島氏の行動についての是非善悪の評価はともあれ、その行動によって三島氏が死んだということは、まぎれもなく、それこそつくりごとでも夢でもない、動かすことのできない一つの平凡な事実なのですから。

世間には、つくりごととして受け取った場合、狂言自殺、というぴったりなことばがあります。

ただ、たいていの場合、このことばは、岩波国語辞典式にいえば、〈狂言〉④いつわりしくむこと。うそ。「——自殺」、ということになるわけで、いつわりしくんでうまく生き残る芸当に使います。

三島氏は狂言自殺に失敗した結果、死んでしまったのか？　そうではありますまい。幾多の身辺的証明は、この死が、古式に則っていえば〝覚悟の死〟であり、うそいつわりではない、周到に用意された平静な行動であったことを物語っています。ほろびの美学そのままに。

おたがい、つくりごとをもって生業としている文士の仲間として、つくりごとだからけしからんとか、つくりごとだから品が下るとかいうこと自体が、そもそもありえない。つくりごとの結果、つくりごとでない、かけがえのきかない人生の重大事が実現された、ということにもしもなるならば、文学的原理からいって、これほど格式の高いことはないではないか。

松本さんの文体批評は、皮肉にも、三島氏の最後の文学的演技に対する最高の讃辞を、自らの意に反して内包している、ということにもなります。アッピール自殺として、三島事件はほとんど完璧に近い。

こうなると、もう、語義論的な言語分析派的な文体批評の領域を超えて、フランス人のいうカラクテール、つまり性格批評の領域になる、と思うんですね。

いずれにしろ、松本さんの批評原理は、つくりごとの行動→文章の軽さ、と短絡させた結論において、性格論としては完全に破産してしまっている、と思います。

私も、〈檄〉の文章は、通俗・平凡な文章だ、と思います。だけどそれは決して〝軽〟くはありませんよ。二・二六趣意書と同じく、通俗・平凡なだけです。そして、右翼の〈檄〉というものは、本質的に言って、貴族主義的・エリート主義的なまでに美しい抽象性のままの字句でつづられた、空疎にして平凡なものでしかありえないのです。

伝統主義者は――この語彙《ごい》自体が近代外来の語彙ですが――、古式の伝統を人為的になぞろうというのですから、空疎なまでに骨化した粗大な紋切型の修辞しか使いようがないのです。ある意味では、それでいいわけなんですね。

たとえば――

益荒男がたばさむ太刀の鞘鳴りに幾とせ耐へて今日の初霜
散るをいとふ世にも人にもさきがけて散るこそ花と吹く小夜嵐

これらの歌は、いかにも紋切型です。〝三島文学最後の文章〟としては、近代的文学鑑賞にとうてい堪ええないことは、いうまでもないところでしょう。

しかし、それでいいのです。三島氏自身にとっても。辞世というのは、そういうものなのです。およそ、儀式というものは、紋切型にきまっており、紋切型でなければならないのであって、それ以外の、あるいはそれ以上のなにかを望むのは、一種の近代病にすぎないのです。

「死んでしまったら何もならないじゃないか」という東大生のもっともそうな批判には、

〈檄〉は予め、「今こそわれわれは生命尊重以上の価値の所在を諸君の目に見せてやる」と答え切っているのです。

「狂気の沙汰」という佐藤栄作の、これまたもっともげな批判に対しても、〈所懐〉は予め、「傍目《はため》にはいかに狂気の沙汰に見えようとも」と先取りし切っているのです。

三島事件をめぐる凡百の「平和と民主主義」的良識批評は、これらのことすべてを前提としないかぎり、うじゃじゃけたマンガ以外のなにものでもありません。

# 〈座談会〉三島直接行動の謎

『読売新聞』70年11月26日号

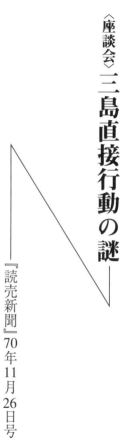

出席者
立野信之*
村上兵衛**
磯田光一***
いいだ・もも



村上　今度のことは、①文学者とその死、②事件が歴史的にどういう意味をになうか、③その死に方　――　という三つの視点から見ることができる。

文学者としての三島は、疑いもなく天才だ。その文学者はというと、本来的にアウトローであり、〃遊び人〃なのだ。根源的には、狂気も孕んでいる。戦後の平和のなかではそれが、平常の秩序の中に目立たないかたちになっている。

私は事件を知ったときには「あっ」と思った。が、すぐ文学者の本質に思い到って、了解するところがあった。

歴史学者は、たとえば芥川の死は大正の平和の時代から、昭和の動乱へと変転する時代を象徴するものだった、などととかく小賢しい書きかたをするが、その小賢しい論法を、

＊立野信之（1903～1971）。作家。千葉県生まれ。関東中学中退。代表作、「公爵近衛文麿」（第25回直木賞候補）、「叛乱」（第28回直木賞受賞）など。

そっくりこちらに拝借するなら、三島の死は、芥川の死と同じように戦後の〝ごまかし〟の時代が、何かに変わる予兆になるかも知れない。

断わっておくが、三島は軍国主義者ではない。憲法の前文、および第九条を読めば、自衛隊の存在が違憲であることは明々白々、中学生だってわかることだ。それを戦後の政治家は何を言い、何をしてきたか。保守党の政治家は、こう言わねばならなかった。

つまり「自衛隊の存在は、たしかに違憲の疑いが濃い。しかし、今日の世界情勢と日本のおかれた立場によって、自衛の組織は必要なのだ。どうかそこをよく考えて、自衛隊の存在を認知し、意義を認めてほしい」と。

しかし、戦後の保守政治家のなかで、誰か一人でも、そのように訴えたものがいただろうか。国防哲学のひとカケラもない、軽薄な「国防白書」を出すだけでごまかしている。

三島の〝憲法改正論〟は、私とは真反対の意見だが、しかし三島は、そのようなぎまんにたえられなかったのだ。また三島のハラキリという方法に、アナクロニズム、古さ、を言ったりするひともあるが、私はそれに対して、それはいわば西洋カブレの思想だ、と言いたい。

東洋には、屈原が汨羅《べきら》の淵に投じて以来、時勢を慷慨して身を投ずるという〝自殺の文

＊＊村上兵衛（1923〜）。評論家。島根県生まれ。昭和25年東大独文科卒。代表作、「繁栄日本への疑問」「国破レテ——失われた昭和史」「国家なき日本——戦争と平和の検証」など。

＊＊＊磯田光一（1931〜1987）。文芸評論家。横浜市生まれ。東大英文科卒。代表作、「殉教の美学」「思想としての東京」（芸術選奨文部大臣賞）など。

化〟がある。西欧では、気にくわないやつは力で叩き伏せる。自殺はカトリックによって罪悪だ。

東洋のその伝統は、ベトナムにおける今日の焼身自殺に、そして日本では武士道の「諌死」つまり切腹によって相手の反省をうながす、というかたちでつながっている。孔子の言葉を借りるなら、〝身を殺して、もって仁をなす〟とは、本来、東洋の哲学なのだ。たんなる自殺ではなく、文化史的には、その実践であったと思う。非常に悲しみを感じる。

**立　野**　ほかにやりようがなかったかと思う。自衛隊の弱腰に不満を持ったというが、自衛隊へ行っても仕方がないのではないか。そういってはなんだが、やるならやるで、議会を占拠するなり、佐藤首相のところへ行くなりしたらいい。どうも軽率な行動のように思えてならない。

**いいだ**　士は恥ずかしむべからず、という。ましてや、志を持って自決した死者を、恥ずかしめるわけにゆかない、と思うが、佐藤首相は「気が違ったんじゃないか」なんて、だいぶ死者を恥ずかしめている。

これが、ノーベル賞でももらっていれば「大国日本の誇りである」とかなんとかほめあげたにちがいない。中曾根防衛庁長官も「平和的・民主的秩序を守るため断じて許せない」

なんて、言っている。

今度の極限的行動は、まさにこういうインチキな平和的・民主的秩序なるものの面皮をひっぱがそうとしたのではないか！　私は、三島氏の生も死も含めて、オール否定だが、その否定する立場は、佐藤・中曾根流の平和的・民主的秩序を守るという戦後的立場そのものを拒絶するところにある。

**磯　田**　三島個人の思想表現としての事件だから、それを外側から一方的に批判する態度は避けたい。思想の内容は批判できるが、行動の完結性はすでに批判を拒否するものを持っている。問題は戦後をどうとらえるかにかかってくる。

ひとつは解放の時代とみて、民主主義や個人の自由が認められたとする考え、他のひとつは、敗戦によって何物かが喪失したとして空白の時代とみる認識だ。

三島の作品は、常に逆説的要素を持つが、小説というフィクションの中で、失われた何物かを回復しようとした。しかし、戦後の社会は、三島の意に反して、どんどん近代化がすすみ、なまぬるい文化が拡大した。

信じたことは実践しなければならないという陽明学の考え方があるが、三島は、戦後の時代風潮に対する逆説的な象徴的行為として、この不幸な行為をなしたといえる。もちろんナンセンスと見る批判を百も承知でだ。だからナンセンスといっても問題の本質には迫れない。

**司　会**　二・二六事件前夜の世相と、現代と、三島の事件には何か関連があるのだろうか。

**立　野**　二・二六事件の当時の背景には農村の疲弊、満州事変以来の戦争気構え、政治の腐敗堕落があった。満州事変のあと財界人の団琢磨の殺された血盟団事件、つづいて犬養首相を殺した五・一五事件がおこった。だが、時の政府がそうした社会不安に対して何らの政治的な手を打たなかったので、ついに二・二六事件がぼっ発してしまった。

　ところが、現在の社会情勢は繁栄と平和ムードで包まれているから、一見、異なるように見えるが、現在の繁栄と平和ムードにはハッキリした政治の裏打ちがない。政府は何をしようとしているのか、サッパリ分らない。

　早い話が、公害問題一つ取上げても、政府は何かしらゴマ化そう、ゴマ化そうとしている。つまり政治不在だ。その点、二・二六事件当時の政治不在と共通したものがある。三島はこうした政治のゴマ化しや嘘に我慢ならなくなってついに行動に出たものと思われる。

**磯　田**　三島には、ほかに方法がなかったのかという意見があろう。しかし、私は、ほかに方法があったからこそやったということがいえると思う。ほかの方法があまりに安易だという認識だ。
つまり、日本の文化人は温室の中にいて、イデオロギーの上だけでいろいろなことをいう。言論の自由がそれなりにあるから現代批判が安易にやれる。三島はこれに大きな不満を持っていた。三島の行為は、きわめて逆説的な意味合いの濃い行為だった。三島は、極度に明せきだから、さめきった意識の中で、世間一般から見て愚かな行為であることを承知しながら実行した。

**司　会**　日本の軍国主義復活がいわれており、外国に対しては悪い印象を与える心配もあるが。

**立　野**　三島は、軍国主義者といわれても仕方がない。

**磯　田**　軍国主義を政治、軍事の面からだけとらえた物理的考え方があるが、三島の場合は物理的な軍国主義は問題ではなく、精神性だけを求めていた。その精神性を証明しようとしただけだ。だから政治のレベルで問題にしてもはじまらない。心情だけの問題だ。

**立　野**　さきごろ佐藤首相が国連で軍事大国にはならないといっていながら国内では防衛白書が出され四次防が発表されている。これが実現すれば、日本も軍事大国だ。こういうゴマ化しが困る。

**いいだ**　三島氏は「楯の会」なのだから、民間白色義勇軍として、ウルトラ軍国主義者であることは、自認していた、と思うが、中曾根「四次防」自衛隊などは平和顔してるだけに、よけい陰性な軍国主義なんだ。

さきほど磯田さんが「政治的行為の象徴性」ということを言われたが、今回の最終演技は、政治的な右翼クーデターとしては完全に失敗している、いわば犬死に、ムダ死にであることによって、逆に、象徴的行為としては、完全に成功している。いわば永久輪廻《りんね》の『豊饒の海』の行動的完結編だが、思想的事件としての衝撃力は長く大きいと思う。佐藤首相の国会所信演説など、完全にカスんでしまった。よかれあしかれ、七〇年代の予感、予兆なんだ。

**磯　田**　文学の次元では三島には二つの面があった。一つは『仮面の告白』にみられる知的な近代にあたる部分で、もう一つは『林房雄論』につながるナショナリズムだ。この両者が均衡を保っているのが魅力だったが『太陽と鉄』では文学への疑惑が出ている。つまり文学的造形では片づかない部分が、実践となってあらわれ〝楯の会〟になった。本人の意識の中では『文化防衛論』にみられるように、最後の日本文化を死によって証明するという過大な自信があったと思う。余りに過大な自信が、世間一般には不可解な行為を生んだと思う。心情的な一貫性では美的完結をなしとげたが、切腹というのは現実的には醜い面がある。われわれはそういうリアリズムの目を失うべきではない。〝死〟は人間一生の大事だが〝生〟の論理をぬきにして政治はない。そこのケジメをはっきりつけるべきだ。〝美〟と〝政治〟との分離だけは、はっきり確立すべきだ。

**司会**　ところで、連鎖反応が起こる余地はないだろうか。

**立野**　いまのような政治のごまかしが長くつづけば、連鎖反応が起らざるを得ないのではないか。二・二六事件のときも、貧乏や政治不在、そのどうにもならないという事態に国民はアキアキしていた。いまも、国民は、政治不在にアキアキしている。

**磯田**　三島の行為は連鎖反応が起こりそうもないと信じたから、一人だけでもという形で自己証明を試みたと思う。日本の心情的なラジカリズムのあり方は、天皇制を認めるかどうかで左右に分かれているが、天皇制をのぞいて考えれば、心情のレベルでは同じものではないのだろうか。ナショナリズムのウルトラ化は非常に恐ろしい。

**村上**　三島の場合、天皇制の一点を除けば、根は〝三派〟に通じるものがある。歴史は二度繰り返すというが、歴史は同じかたちではけっして二度は繰り返されない。ただ二・二六は〝疲弊〟こんどは〝繁栄〟の中で起きた。社会的背景は異なるように見えるが、結局、二つのことは銅貨の裏表である。今日の繁栄は、みせかけの繁栄、今日の自由はウソの自由、という点では、私と三島君の意見は全く一致する。

たとえば、六万円で出来るテレビを十数万円で売りつけて、その会社のトップが名士面で天下を横行している。自動車しかり、住宅産業しかり、公害問題は言うにおよばず。国防白書の軽薄さについてはさきにふれた。説明しはじめると長くなるから省くが、たちどころに例はあげられる。

私は十数年前から、日本人は、どれだけ〝平和〟に耐えられるか興味深く注視していた。戦争のときに平和を深思し、平和のときに戦争を洞察し、するどく監視するのが、政治家の役割だ、と私は思う。たとえばインドの故ネール首相が、〝大東亜戦争〟中、監獄の中で執筆した『インドの発見』という労作があるが、その中で彼はこう言っている。

「イギリスのある高官が私にこう語った。〝プリンス・オブ・ウェールズがジャップに沈められるくらいだったら、ドイツに沈められたほうがよかった〟」そして、いよいよ戦争が国境に近づいてきたとき、彼はこうも思った、という。

「インドに戦争がやってくることは、おそろしいことだ。人民は惨苦にあえぐだろう。しかし、一方では私は戦争に惹かれている私だった。人民はくるしむだろうが、戦争は、わが民衆をきたえ、長いねむりを揺りうごかしてくれるかも知れない。戦争でなくても、インド国民のためには、貧困と汚辱による死への扉は、いつでも開いていた」。
さらにまた「墓場のあるところにのみ復活がある。死の意味を知らないものは、生の意味を知ることが出来ない」つまり、インドの平和外交の展開は、このような戦闘的な、かつガンジー以来の哲学的伝統にもとづいていることを知らなければならない。
日本の戦後の〝平和主義〟など、それに較べれば吹けばとぶような軽いものだ。極論するなら、お涙頂戴の平和主義にすぎない。

**司　会**　しかし、こういう暴力的な行為に出たこと自体、きわめて反社会的で、その意味では、冷静に批判されるべきではないか。

**磯　田**　三島は全共闘をそれなりに評価していた。暴力肯定という点で三島と全共闘は一致していた。ただ全共闘は公認された暴力としての権力を否定していた。
これに対し三島論理は暴力によるアナーキーはどこまでも否定する、にもかかわらず、死というものはあらゆる地上の価値をゼロにしてしまうという認識から、死をかける限り、いかなる理想のために、いかなる行為をすることも許されるという考え方だった。

**村　上**　同世代の作家で三島を意識しなかった作家は、一人もいなかったはずだ。事件のあと、三浦朱門と電話で話し合ったが、また二十四、五年当時の混乱からの再出発がくるのではないかという結論になった。

かつて陸軍士官学校の長くあった市ケ谷台、戦争中の大本営、そして敗戦で一転して極東軍事裁判に使われた法廷と同じ場所での三島の死は、なおさら何かを感じさせるし、仏教でいう因縁という言葉を思い起こさせる。

**立　野**　戦争イコール暴力という考えがあって、戦争に負けたことで日本人は戦後、自信を失ってしまった。そこで、軽薄な暴力否定論が出てきた。

親にしても子をしからない。しつけるには、鞭がないといけないのだが……。教育ママも子をしからない。先生もしからない。こんな風潮に、三島は我慢ならなかっただろう。

**いいだ**　戦後とはもういっしょに寝ていられない、とは十年も前の三島氏の有名な言葉だ。最近も彼は、もうじき平和主義も民族主義も化けの皮がはげるにちがいない、としゃべっていた。よかれあしかれ、七〇年代はそうなると、私は思う。死をすっかり忘れていた戦後日本の方が、よほど特異だと思う。

ベトナム革命戦争は戦後二十五年間つづいているのだから、戦後日本の平和の方がよほど仮設的なのだ。革命的暴力の立場に立つ全共闘は、反革命的暴力の立場に立つ三島氏とは、一致しているどころか、正反対のベクトルを持っていると思うが、問題は、戦後のインチキさを、どちらの方向に越えて行こうとするかだ。

**村上** アメリカでは、暴力そのものを否定はしない。家庭での男の子に対するしつけでも、自分が正しいと思ったら喧嘩していい、ただし自分から手を出すな。しかし、もし相手が先に手を出したならKOするまでやれ、と教える。

そういう暴力論は国家についてもいえる。さっき言った戦後の〝進歩的文化人〟のエセ平和論は、六十年代末期にもろくもくずれ去ったが、それを実践したのは〝三派〟だ。ぼくは、三派はウスギタナイからきらいだが、その行動の政治的意味は評価する。三島君は、彼等の行動というそれ自体に共感を懐いていたらしいが。

**磯田** 三島の思想的一貫性には共感を惜しまないが、しかし私自身は客観的な次元ではこの事件を否定したい。

三島とは世代が異なるから、一面では三島のようにナショナルなものに対する共感もあるが、同時に戦後がいかに軽薄な時代であっても、それはすでに二十数年にわたって形成された現実だという認識が私にはある。

たいせつなことは、国際関係の中で、どのように日本の平和を守るのかを考えることだ。

空想的平和でなく、ドライに国際感覚を踏まえた上での平和でなくてはならない。

東京裁判の法廷が、いま市ケ谷の自衛隊になっており、三島がそこで死を選んだことは、いかにも象徴的だ。

東京裁判の論理は、国際法に基く普遍的な平和の論理という評価と同時に、戦勝国が一方的に敗戦国を裁いたという見方がある。そして、いまや時代は後者の認識が強まり、日本のナショナリズムは反米という形をとることになる。そのナショナリズムが、開かれた合理主義をふまえたものになるか、ウルトラ化するのか、境目にきている。祭政一致の政治だけは拒否したい。

**村　上**　私と三島とは、ほぼ同世代だ。彼の場合は、若き日本ローマン派が、戦後の苦悩の時代を生きてきた。私は戦争中、天皇を見たし、軍隊の醜さも、醜いゆえにそのなかに光る人間像も見てきた。

三島が、軍隊に行けず、「おくれて来た人間」であることを戦後に持ちつづけた心根は理解できるが、私自身は軍隊、自衛隊、また天皇については何らの幻想も持っていない。文学史的にいえば、「遅れて来た青年」の意識を〝鬱〟のかたちでクドクド説いているのが大江健三郎であり、〝躁〟のかたちで爆発したのが三島だという云い方もできる。

ごく普通の意味で、社会的な稚さが三島にあったことは確だし、彼の〝貴族〟の血、学習院育ちというコムプレックス、自己顕示的性向も、今度の事件の根として、きわめて複雑なかたちで彼自身のなかにあったことは、私も認める。が、人生は所詮、経過にすぎない。死ぬことで、彼岸に達する。すべてのものが成就する。

今度の事件で、三島が社会に与えた最大の意味は、彼がハラを切るというショッキングなやり方で、戦後はじめて、日本人に〝死の意味〟を考えさせたことだろう。〝死〟を考えない〝生〟なんてあり得ない。したがって、戦後はじめて広汎な国民に、〝生〟の意味を同時に考えさせた。

ほかに、これにかわる方法がというが、言論の自由は本当にあるかというと、ない。今日、いわゆるナショナル・スポンサー、大企業、大組織の鼻息をうかがうことなく自由にふるまえる、新聞、雑誌、テレビ、ラジオがどこにある。とりわけ広告を通じて、大企業は見事に言論を圧迫し、介入しているではないか。私自身、苦い目にあったことは、二度や三度ではない。一般国民はこういう傾向がますます強まっている事実には気づかず、一人前の評論家面した男までが、言論の自由を謳歌している。

私は前にも言ったように憲法改正には大反対だ。それは私自身の現時点における〈政治的判断〉にもとづいている。そして私はこんどの事件を肯定も否定もしない。

**磯　田**　日本文化はなんらかの形で様式を追い求めた。三島文学もまた様式美を求めた。それ実践する時、死そのものも様式を持たなければならない。

三島は日本文化の最後の体現者という意識を持っていたに違いない。日本文化は自分で最後になるという終末感があった。しかし、われわれとしては三島には鎮魂歌をささげた上で、われわれ自身の問題を考えていく以外にはない。

**立　野**　それは十分理解はできる。そういったギリギリの考えを三島が持っていたとしても、ほかに方法があったのではないか。しかし三島としてはこれしかなかったのかもしれない。それこそ、三島的な狂気を持った人でないとわからないのかもしれない。

**村　上**　逆に言論の自由があるとすれば、あえて不自由な道を選んだということもありうることだ。

**いいだ**　言論の自由など、今の日本にあるとは、私は思わないし、ぎまん的な自由があれば、それだけ私たちは不自由なんだ、と思う。極論すれば、死にとっては生なんて不自由なものだ。

バルコニー演説で彼は、昨秋の一〇・二一*国際反戦デーで自衛隊が出動しなかったこと

＊昨秋の10・21国際反戦デー：当時10月21日を期して毎年ベトナム反戦運動の統一行動が行われた。特に1968年には新宿で騒乱罪が適用されるなど大きな盛り上がりを見せたが、警察は前年の教訓から69年10月21日、首都圏を戒厳令下に置き、弾圧を徹底した結果、反戦運動を完全に封じ込めることに成功した。

を痛恨したそうだが、その安保政治決戦で私どもの若い兵士——いわば〝ヨコの会〟のインターナショナルな人民の兵士——が死んでいる。また、小西誠元三曹が自衛隊の内部から反乱を起こしている。

三島氏の死を否定し切るためには、こういう逆からの死の立場に立ち切る以外にはない。生のためのぎりぎりの闘いにおいて、死というものはまたありうるのだ。ありうるだけでなく、避けがたくあるのだ。自由か、死か、だ。戦後の平和主義では絶対に三島氏の怨霊《おんりょう》を退散させることはできない。

**立　野**　少なくとも、三島の行動は、問題をあとに投げかけている。これから、われわれもじっくり考える必要がある。ただ、自衛隊で何をしようとしたのか。結局、何だかわからないことで騒ぎを起こしたという解釈も成り立つ。もっとも三島は自分の思い詰めたことを行動に移すことに急で、第三者の考えるようなその効果や影響など何も考えていなかったのかも知れないが……。

**村　上**　三島は、その〝行為〟の効果、影響まで、先を読みに読んで、最後まで一糸乱れず行為した、と私は思う。戯曲『わが友ヒットラー』は恐ろしいほど、そのことを語っている。

# クーデター問答

『週刊サンケイ』70年12月31日号

故人と私とのカンケイについて書け、ということなのですけど、一部に伝えられている故人と森田必勝とのカンケイのような濃密なものは、私の場合ありえようもありません！君子の交りは、淡くして水のごとし、とか。

週刊誌の方から第一報をいただいた時も、「そしてあなたはいま、なにをなさっていますか？」という決定的問いかけに対して、思わずありのままに、「養命酒をのんでいるところです」と答えてしまいました。その時あいにく、たまたま実際にそうであっただけのことで、別段養命酒会社のコマーシャルを頼まれていたわけのものでももちろんありませんが、とにかく、およそサマにならない。

こういう答え方では、みっともないばかりではなく、話にもなにもなりませんから、多少釈明をさせていただきますと、私は故人との七〇年安保闘争のヤマ場をひかえての対談――『政治行為の象徴性について』一九六九年一月――を、「ところで、三島さんは七〇年には死ぬ覚悟ですってね（笑）。ひとつ、七〇年には一乗寺下り松あたりで決闘しますか。わたしはパワーレスだから、宮本武蔵のように格式を無視して、後ろからかかりますけどね」ということばで結んで、おたがい笑いながら訣れたわけですが、昨秋安保政治決戦*における私ども反帝派の敗北によって決闘の機会も失われたままに、喧嘩すぎての棒ちぎれ

＊昨秋安保政治決戦：1969年11月16～17日、羽田周辺――蒲田駅周辺で闘われた佐藤首相訪米阻止の闘い。70年日米安保条約改定を直前にした佐藤首相を中心とする訪米団を羽田現地で阻止しようとするこの闘いは70年安保闘争の一大攻防点となる闘いであった（『戦後革命運動』新泉社）。

よろしく、ことしの四・二八沖縄闘争＊＊で声がすっかり出なくなってしまい、六月反安保デモの途中で完全にぶっ倒れてしまったのです。それ以来、私は掛け値なしに、養命養生に余念がないところなんです。

故人が七分間で切り上げてしまったというバルコニーからの檄と似たり寄ったりのアジ演説を、一時間でも二時間でも連日連夜ぶちつづけていたわけですから、声がつぶれてしまうくらいはあたりまえのことですが、私の場合、「よく聞け！　聞け、聞け、聞けい！よく聞け、よく聞け、よく聞けい！　静聴せい！　男一匹が命をかけて諸君に訴えているんだぞ！　いいか！　いいか！」といった調子では、それこそ男一匹の命がいくつあっても足りない。

私なりに痛く自覚しているところでもありますが、大衆の魂にとどかない檄というものは、究極するところ、故人が忌避していたアンチ・テアトル風のせりふにほかならない、こういう「よく聞け！　聞け　聞け　聞けい！」式の完全に無内容なセンテンスになってしまわざるをえないのですね。

――諸君の中には一人でもおれと一緒に起つヤツはいないのか？



＊＊四・二八沖縄闘争：1963年2月、アジア・アフリカ連帯会議がアメリカの沖縄からの撤退と沖縄の日本復帰要求を決議、4月28日を沖縄デーとして国際的な共同行動を呼びかけたことから、これ以降、毎年、全国的な沖縄闘争が組まれることになった（『戦後革命運動』新泉社）。

（十秒ほど待つ。その間「バカヤロー」「気狂い」「そんなのいるもんか」などの野次）

一人もいないんだな。よし、おれは死ぬんだ。憲法改正のために起ち上がらないという見極めがついた。自衛隊に対する夢はなくなったんだ！

それではここで天皇陛下万歳を叫ぶ。――

私も私なりに騒然たる野次にいつも包まれており、野次ばかりか巨大な沈黙によっていつもはねかえされておりますが、だからといって、パワーレスな私の場合、「安保粉砕・日帝打倒のために起ち上がらないという見極めがついた。人民に対する夢はなくなったんだ！」というわけにはゆかない。「それではここで天皇陛下万歳」というわけにはいかない。

いまさら自明ともいうべきこのような政治的散文について語らなければならないということも、気恥かしいかぎりですが、私はこのことを、昨秋安保政治決戦においてわが「ヨコ（＝インターナショナル）の会」の若きプロレタリア兵士糟谷孝幸（前出）の生命を奪われ、さらにはML同盟に属した日大闘争の戦士中村克己*の生命を奪われた戦列の一員として、すなわち、生のためのぎりぎりのたたかいにおける死をいくらかは知る一人として、敢えて書き留めておきたい、と思います。

＊中村克己：1970年2月25日、ビラ撒き中、右翼に襲われ約一週間後に病院で死亡。

故人も、かつては、「百五十歳まで生きるやう心がけて、健康に留意してゐる」と述べたこともあるのです。百五十歳まで、というあたりが、美容と健康のためのボディ・ビル同様、いささか大隈重信的にオーヴァーで、修飾過多で、実直に健康的ではありませんが、「定家卿伝授に、歌道の至極は身養生に極り候由」というのは故人が好んで書写した文学的極意でもありました。故人の枕頭の書と称する葉隠聞書巻十一の章句ですが、聞書の原文は、「端的の善行は朝起きに極るべく候」とつづきます。つづきが省いてあるところが、いかにも故人らしい、というので大笑いでしたが、私の養命酒なども、「朝起きは三文の徳」的な善行を常日頃積んでいない邪道にすぎないのです。

朝起きに極る端的な善行ができなければ、歌道ができないだけでなく、政治だってできませんよ。善行なしでできる政治は、右翼クーデターだけです。だから、私は対談のポイントのところで、故人の真意を私なりに直覚して——なにしろ私との対談にさえ関孫六を持参した故人は、狭い四畳半の対談場で私に向って三度も居合抜きを試みたのです——、故人のクーデター意志があるかないかを、問い詰めたのです。

**いいだ**　「一本刀土俵入り」になってもかまわんということは、それなりにお覚悟であるけれども、文学論じゃなくて、ごくありふれた政治論でいうと、使える武器が一本刀だけでやるほかないということになると、三島さんの論法でいくと、ゲリラをかりにやらないとすれば、クーデター以外に、政治的表現行為はなくなっちゃうね。

**三　島**　なくなっちゃうね。いまやっていることは、凹型なんだ。全部凹型なんだ。そして欺瞞だよ。わかりやすい欺瞞なんてありゃあしないだろう。これはほんとうにいかんと思うな。

**いいだ**　三島さん、たとえば三無事件みたいなことね、未来の問題としてクーデターが起きて、男同士一緒にやってくれということになったらやりますか。

**三　島**　やるやる、やるよ（笑）。おれはやるねえ、こりゃあ。たいてい失敗するだろうが、やるねえ。ただ、ぼくはね、いま日本は、必ずしもクーデターやらなくていい、という説なんだ。もっといろんな条件があるんだよ。

**いいだ**　いろんな条件をちょっと聞かしてよ。

**三　島**　きょうは、秘密でちょっと聞かさない（笑）。

**いいだ**　一本刀、なかなか戦略戦術があるんだな。

**三　島**　そうなんだ。あるんだ。

いいだ　戦略戦術を持つと、一本刀の美学がなくなるよ。

三島　そんな挑発するな（笑）。

# 「順逆不二」のイロニー

『文芸』67年3月号

白い喪服。白い箱。純白であるべき白の誘惑。白い回想。白い館。「二十七歳の青年将校館隆一郎には、少年の育てた多くの特徴はそのまま保存されていた。彼は、軍人勅諭に盛られている諸徳目を、いたく愛していた。忠節の観念、礼儀の観念、武勇の観念、信義の観念、それらはすべて『白で装われた男らしさ』の条件であった」。「テレビ・映画・舞台に『宴』ブームをまき起す問題の長篇力作」とオビにうたってある利根川裕さんの『宴』の基調をなす色は、こうして〝白〟です。白一色です。

ささやかな私の体験に即してありていに言えば、私にとって「軍人勅諭に盛られている諸徳目」は、判読に苦しむ変体仮名でつづられた、退屈きわまる暗誦の体系であり、「一ツ、軍人ハ忠節ヲツクスヲ本分トスヘシ」にはじまるそれらの諸観念は、精神棒や鍛錬棒、〝ウグイスの谷渡り〟から〝セミ〟や〝牛肉〟にいたる滑稽なまでにグロテスクな私刑によってわずかに維持されていた、まことに白々しい軍国イデオロギーにほかなりませんでした。

いまでも私は、雑ぱくきわまるカラフルな現代を愛しており、「白で装われた男らしさ」なるものは、〝黒い霧〟のなかからあらわれた〝粛党派〟がれいれいしく胸につけている白バラの浄らかさほどにも信じてはおりません。ただ、二・二六事件の詩的背景が白い雪景色であったということ、このことは動かしがたいと思います。

四十七士の討入りが、桜田門外の変が、白雪を蹴たてて決行されなければならないように、日本人の色感に媚びるロマンとしての二・二六事件は、どうしても〝白〟で装われてなければならないようです。

五所平之助監督の『宴』は、原作の観念の具象化である「白い館」を映像技術上省略せざるをえなくなっていますが、原作においても、この白のロマンの実態がどのようなものであったかに、作者が触れはじめた、触れはじめざるをえなかった場面が二箇所あります。

　私はほんとうに撃たれたかった。これ以上、館さんの傍へ行けないものなら、ここで死にたかった。流れ弾丸でもいい、館さんに一番近いところで、私は死にたかった。

「馬鹿！」

その人は力いっぱいの激しさで私の頬を打った。

「館さーん」

と必死に呼びながら、私の身体は道に倒れた。大勢の靴で踏みにじられた雪がきたなかった。私の気力は挫けておりました。

……

「順逆不二」のイロニー

館には、一種の戦慄が奔った。白い雪道を走る彼は、〝天皇〟という名を聞いたとき、叛軍であれ、義軍であれ、いまこそはじめて、天皇と肉親関係に入れるような陶酔を覚えていた。

「天皇陛下万歳」

館は一声叫ぶと、キャタピラに身体を投げつけた。戦車が急停止していた。館は仰向けにのけぞって倒れた。人事不省の彼は、全身に冷たいものを浴びていた。それは彼が願っていたように純白な雪ではなく、雪どけの泥濘《でいねい》だった。

……

こうして『宴』のヒーローやヒロインにも、きたならしい雪どけの泥濘をかいまみた昏倒の瞬間があったはずです。

普通の生活人の場合で言えば、彼らは小説の主人公とはちがって、はじめから大勢の靴で踏みにじられた泥濘のなかに三六五日暮らしているがゆえに、その生活幻想がたとえば「大演習の黄塵のかなた、天皇旗のひらめく下に、白馬に跨られた大元帥陛下」の御姿というような白のイメージにまで高く高く昇華してゆくということがありえます。

そして、そのような白い気高い幻想は、敗戦とともに「アア、ソウ」「アア、ソウ」とうなずいてばかりいる陛下の御姿をじかに見たり、マッカーサー元帥と並んでいささか寸が足りなく写っている大元帥の御真影を拝んだりしたとき、地上に降りてきてたちまち雪どけしてしまったのにちがいありません。

「チンはタラフク食っている、ナンジ臣民飢えて死ね」。これが、当時、価値転換にさらされていた生活人が発明したパロディでした。食糧メーデーの赤旗が聖域の台所にまで踏みこんだ時のことです。食いものの恨みをぶつけたときに、生活人はきっと百年の恋も一ぺんに醒めた気がしていたにちがいありません！

脱俗の虚構をこととする小説家の場合で言っても、こうまで身も蓋もないことにはあるいはならないかも知れませんが、それにしても普通だったら、彼の白の画面に色を塗りだすことから仕事をはじめるにちがいありません。

ヒーローとヒロインがかいまみたきたならしい雪どけの場面から、舞台まわしをはじめるにちがいありません。すくなくとも世俗人が主人公としての役をかくとくした市民小説とはそういうものなはずです。

ところが、『宴』のヒーローもヒロインも、そして作者自身も、生きることにはさっぱり関心がなくて、むやみに死に急いでいるばかりなので、こうした俗凡な小説作法は通用しそうにはありません。その名も白坂鈴子というヒロインは、白い粉末を飲んで白壁の家に向かいます。

鈴子は胸もとにしっかりと花を抱いて白壁の家へ向った。そろそろ夕景が迫っていた。館隆一郎らは、憲兵隊の手で武装解除され、捕錠をかけられた。ただちに自動車で、代々木の陸軍刑務所に送られた。青山一丁目を通るころ、昭和十一年二月二十九日の日が暮れた。

これが一篇の終りです。ほんとうを言いますと、日が暮れるとともにミネルバのふくろうが飛びたち、いよいよまっとうな主題がはじまるわけなのですが、『宴』の作者は白い画面をひたすら後生だいじとかかえこみ、死の美学にすっかり凝ってしまっているばかりで、「無残にも死を失敗し、屈辱に満ちた生を、不本意ながらも曳きずって行かねばならぬ局面」などにはいささかも作家的感興を催していないのですからしかたありません。

しかし私たちはこんにち、二・二六事件の後日譚についていささか知るところがあります。

たとえば、「昭和史ドキュメント・これが〝昭和維新〟なのだ」（「文芸春秋」六七年二月号）。明治維新百年、昭和維新三十年のこんにち、コレアン産業振興協会会長なる湯川康平さんはこんな風な苦笑をもらしています。

「結婚しているものは、妻に打ち明けることをしなかった。すると、事件後、夫が反乱軍にいることがわかって、腹を立てて不仲になる妻もいたとか。湯川元小尉は――『なんといっても女は現実的だ。このごろ評判の小説『宴』に登場する鈴子のような女性は、実際にはいないようだ』と苦笑する」。

これこそまさにこんにちのホームドラマにふさわしい主題ではありませんか！

「中隊を率いて（華族）会館を包囲した少尉のみたものは、ただ恐怖にふるえ、奥歯をガタガタさせている老人たちの姿である。この人たちが殿上人として、いままで、はるかに威敬を感じてきたその人たちなのだろうか、と、一瞬目をうたがったほどだったという。湯川氏はいう。

『はじめから殺すつもりなどなかったのだから、そんなに怖れなくとも、と思ったのだが……。それに誠に具合のわるいことに、この中に細川護立さんがおられた。私は熊本県出身のものだから、私にとっては、細川さんは主筋に当る。この人が私の腕をしっかりとつかんで、

〝湯川君、無茶をしてはいかん、落着きたまえ〟

と、ふるえながらいう。これでは手の出しようもなかった。安藤さんには西園寺公の腰巾着の原田熊雄だけはヤレといわれていたのだが……』

こうして湯川氏は、なんら老人たちに手を出さなかったのだが、このことが湯川氏や今泉氏たちの生命を救うことになる。軍事裁判では将校は全員死刑ときまっていたものを、この老人たちから出された助命嘆願が、若い将校たちの刑一等を減じたというわけだ」。

奥歯をガタガタさせている殿上人！　たとえば三島由紀夫さんの戯曲『十日の菊』は、昭和二十七年即ち日米平和条約発効の年に舞台をとり、作者自身の解説によれば「生ける

屍として、魂の荒廃そのものを餌にして生きている」その名も森重臣《しげおみ》という戦後にまで生きのびた重臣を扱った喜劇ですが、生きのびるまでもなく当時すでにある種の重臣たちが「奥歯ガタガタ言わせたろうか」とからかいたくなるような喜劇的存在であったことが分ります。

湯川康平さんは、「わたしは、西園寺（公望）公が、この事件の真の主謀者であった、といまは信じている」と断言していますが、このような日本意外史的発想は、『宴』における「白い館」の観念的構築とおなじく、天皇制下の〝怪文書〟がぞくぞくとあかるみに出され、『十日の菊』としてのあわれな残骸をさらけだしてしまっているこんにちにおいても、それらの人々がいぜんとして、神秘めかした、したがってまた子どもじみた歴史解釈や自己韜晦を好んでいるらしいことをよく示しています。

ちなみに、〝怪文書〟という熟字は大正十五年（昭和元年）にできた新しいものだそうで、〝流言蜚語〟などとおなじく、昭和ファシズム期特有の政治闘争手段でした。

『右翼思想犯罪事件の総合的研究』（司法省刑事局）によるならば、二・二六事件第一班処分において、死刑求刑をうけた安藤輝三大尉以下二一名のうち、無期禁錮判決によって死刑をまぬがれたのが五名（清原康平、鈴木金次郎、池田俊彦、麦屋清済、常盤稔）おります。

　こんにちまで生きのびた『十日の菊』である湯川元少尉とは、ほかならないこの「清原康平」ですが、こんど発見された磯部浅一獄中記を閲すならば、私たちは「刑一等減」の背景を、奥歯をガタガタさせた老人たちから出された助命嘆願という美談とはまた別な風に、推察することも可能です。

　血涙の書は曰く、「鈴木、清原の両人ハ遂ヒニ同志に非ずと云ひ同志の思想をナジリ且国家の現状を止むを得ざる当然として是認し財バツ政党等を讃えるの奇異なる陳述をした、清原の如きは磯部村中にだまされたとの意をもらし鈴木も又磯部にダマサレたとの意を陳べた」。

　私はかならずしも、このような転向によってもたらされた生をうとましく思うものではありません。

　たとえば三島由紀夫さんは、『二・二六事件と私』において、「……かくて私は、『十日の菊』において狙われて生きのびた人間の喜劇的悲惨を描き、『憂国』において、狙わずして自刃した人間の至福と美を描き、前者では生の無際限の生殺《なま》しの拷問を、後者では死に接した生の花火のような爆発を表現しようと試みた。さらに『英霊の聲』では、死後の世界を描いて、狙って殺された人間の苦患の悲劇をあらわそうと試みた。二・二六事件という一つの塔は、このようにして三つの側面から見られたのであるが、まだ一つの側面が残っている。それは狙って生きのびた人間のドラマである。しかし私はそれについてもはや書く気がない。なぜならその課題は末松太平氏の『私の昭和史』のバルザックを思わせる見事な最終章「大岸頼好の死」によって、すでに果されているからである」と述べていますが、私としては、逃口上を張らずにその〝ドラマ〟をこそと願わないわけにはゆきません。

それは湯川元少尉のドラマであるにとどまらず、一種の「狙って生きのびた人間」にほかならない作家三島由紀夫自身の主体的ドラマとなるであろうからです。

しかしながら現実では、三十年後の解禁期であるこんにちにおいても、生きのびた関係者は老獪にもまだすべてを自らあからさまにしてはいないように見えますし、作家はあいかわらず「死ヌ、死ヌ」とエロチックな青くさい抒情にふけりすぎているきらいがあるようです。

「牢獄の夏は残酷である、茲数日の酷熱は恐らく死刑よりも苦痛であらふ」。白い雪景色が後景に退き至高の栄光の瞬間が過ぎ去ったあとには、当然のことながら残酷な夏がめぐってきたのでした。あくる年の八月十九日に銃殺された磯部浅一には、牢獄の夏は二度めぐりきたったはずです。

かれはその酷熱のなかで、いっさいの白い耽美派、死の憧憬者、天皇主義者を顔色なからしめるような悪鬼羅刹の思想をはぐくみ、身みずから一箇の怨霊と化していったのでした。

「君の最近作『英霊の聲』を読みましたが、これはたいへんな怒りだ。今の世の中に対して怒っている。戦後天皇制をもふくめて、敗戦後のどうしようもない精神状況に対して怒っている。繁栄という名の空洞化に対する激怒だと思いました」という『英霊の聲』評にはじまる『対話・日本人論』のなかで、林房雄さんは「私は私流に怒っている。あまり先の長くない時間を何物かにささげたい。お国のためです。お国とは何かといわれたら、僕は日本の神々だと答えますよ」とのんきな寝言をしゃべっていますが、皇道主義者であった磯部浅一の激怒は、二・二六事件の挫折を経由してほかならない日本の神々にたいして向けられていったわけです。

「菱海の云ふことをきかぬならば必ず罰があたり申すぞ神様ともあらふものが菱海に罰

をあてられたらいいつらのかわで御座らふ」

「日本国の神々ともあらふものが此の如き余の切烈なる祈りをきゝもしないで何処へ避暑に行ったかどこで酒色におぼれて御座るのか一向に霊験が見えぬ余は神様なぞにたのんで見た所でなかなか云ふことをきいて下さりそうにもないから自分が神様になって所信を貫くことにした、必ず所信を貫いてみせる、死ぬるものか殺されるものか」

〝菱海〟とは生きながらの彼の戒名（深広院無涯菱海居士）ですが、「何処へ避暑に行ったか」と神様をなじっているのも酷暑に苦しんでいる囚人らしい言い草ならば、「どこに酒色におぼれて御座るのか」というのもいかにも磯部浅一らしい。

隊付尉官級将校を中核とした彼ら〝皇道派〟（北一輝・西田税派）が、幕僚佐官級将校を中心とした〝清軍派〟（大川周明派）から十月事件を契機として袂を別ったのも、「酒色におぼれて御座る」幕僚にたいする不信がかなり有力な直接原因になっています。

磯部は山口県出身でありながら宇垣長州閥にあえて弓を引いた生まれながらの反逆児ですが、磯部ら、西田税の「天剣党」に拠った青年将校たちは、禁欲主義的反逆者であり、生涯妻帯をしないことと、陸軍大学に進まないことを盟約していたと言われます。

「順逆不二」のイロニー

かれが刎頸の同志村中孝次とともに頒布した「粛軍に関する意見書」（この意見書のために両名は免官処分に付された。ちなみにこの〝怪文書〟は当時軍部の動向、なかんずく青年将校の動向に注目を怠らなかったゾルゲ・尾崎秀実一派の手で翻訳されてモスコーに送られた）の附録第五「所謂十月事件ニ関スル手記」には、こんなような記述が見られます。

「大川博士の一万人動員は頗る怪しく而かも大川博士重藤大佐は四谷荒木町に於て連夜豪遊を極め不謹慎千万にも明日をも知らぬ命也云々と芸妓の前にて口外するが如き等々就中吾を失望せしめたるは建設計画主義綱領政綱政策等に就きての研究が皆無なりしことなり」「1、彼等は九月一九日以来二三日を除き連日連夜待合に起居しつつあり、2、彼等の本拠とも称すべき待合は赤坂、新橋、四谷、大森、京橋等の各地に設けらる」「此の時橋本中佐『議論は中止して種々の意味に於ける酒宴を催すべし』とて襖を排せば芸妓十数名並びあるに吾は一驚せり何たる不謹慎ぞや醜態のみ」。

わが国の左翼運動にも近藤栄蔵から志田重男にいたる待合が大好きな醜態の伝統がありますが、いくら昭和維新派が明治維新とのアナロジーで歴史の嵌め絵ごっこをやっていたにしても、こうもお粗末に「酔ては伏す美人の枕、醒めては執る天下の権」式に酒色におぼれていたのでは、青年将校たちが離反していったのも当然のことと言えます。

橋本欣五郎中佐は「政治は詩だ。政治の極致はポエジーでなければならん」と喝破したところなどさしずめ三島美学の先輩にあたりますが、それにしても褌を排せば芸妓十数名という酒宴では、「ぼくが死んで、鈴子さんが死んで、そして二人はあの「白い館」のなかに並んだまま、いつまでも、いつまでも横たわる」というような『宴』にならないことはもちろんのこと、「階下の神棚には皇太神宮の御礼と共に、天皇皇后両陛下の御真影が飾られ、朝毎に出勤前の中尉は妻と共に、神棚の下で深く頭を垂れた。捧げる水は毎朝汲み直され、榊はいつもつややかに新らしかった」というような『憂国』の純潔イメージをもぶちこわしてしまうにちがいありません。

そうした小説的結構のことよりもなによりも、幕僚佐官の「酒色」は、当時の隊付尉官を衝き動かしていた兵士とその家族の「貧困」によって激しく否定さるべきものなのでした。当時を回想して湯川元少尉らは語っています。

「東京麻布第三連隊では、当時、絶え間なく脱走兵が現われたが、兵営から脱けだした兵士のいくところはきまっていた。彼らは、兵役がイヤになって、だれにも見つからないところに身をひそめ、つらい義務を免れようとしたのではない。憲兵などが、その行方を探すため、まず実家へいってみると、そこに、兵営を逃げだしたものがいて、入営する前に、豆腐屋をやっていたとすれば、せっせと豆腐をつくっていたし、魚の買いだしなどをやっていた。（ただ兵営を脱けてきた手前、表に出て、堂々と近所の人に顔をさらすのをはばかっていただけである。もちろん、だから、アッサリつかまって、つれもどされたばかりか、脱走の罪で営倉に入れられることになるが、考えてみると、ずいぶんバカげている。すぐにつかまるとわかっていながら、なぜ彼らは、脱走しなければならなかったのだろう？）こういう脱走兵の場合、すべて事情は似ていた。実家は極度に貧しかったのである。貧しいうえに、一家の生活を支えるため、わき目もふらずにはたらいているのは、その兵士ひとりしかないという身上だった。農村出身兵の多い連隊には、同じ意味で、貧農の息子を多くみることができたのである」。

笹まくらとともに諸所を放浪する徴兵拒否者のイメージなどは、これらの生活人としての脱走兵に比べると、かなりロマンチックなものと言わなければならないでしょう。

とくに農村出身兵の多い連隊の隊付将校を悩ましたのは、農業恐慌下に喘いでいる飢えた農民の姿でした。かれらは、餓鬼道をさまよう農民の惨状に、明治以来の「富国強兵」政策の矛盾の爆発、「健民強兵」の基盤の崩壊を直観せざるをえなかったのであり、そのことによって狂激なまでに劇しい危機感に駆りたてられたのです。

作った米の半分を小作料として納めなければならない寄生地主制のもとで、大凶作にみまわれ、米は半分以下、まゆは三分の一以下という異常に鋭い価格下落にさらされた農村、とくにそれまで健民強兵の供給源であった東北地方の農村では、当時、松皮餅、ワラがゆ、ワラ餅、トチの実、きざみワラ、クズの葉、ワラビの根、ヤドリ木、ヤマブドウの葉、ナラの実まで食べた、と言われます。

結城哀草果の『村里生活記』は歌にも句にもならない季題について述べています。

「伐り倒した松材の硬い上皮を、鎌なり山刀なりで剥ぐと、青皮があらわれる。こんどはその青皮を剥ぐと下に白い皮がある。その白皮が一分ぐらいの厚さで、松皮餅の原料である。松材から剥いだ生の白皮を、重曹を入れて釜でよく煮る。煮えた皮を水にしておくと、松皮の苦味がぬける。苦味のぬけた皮をまないたの上にのせ、庖丁で細かく切って、それを臼に入れ、玄米の粉をまじえて搗き、ほどよく搗けたのを握飯大のだんごにつくり、だんごの中央に指で穴をあけて、甑《こしき》で蒸し、ふたたび臼で搗いたのが松皮餅である」（『日本の百年』より孫引き）。

これが、当時の小作農民にとっての〝白〟のイメージでした！　こうして、天明飢饉のときとおなじように松皮餅を食べ、馬といっしょにワラや草の葉を食ってもなお収支つぐなわなかった農民たちは、当時もっとも有利な〝換金作物〟であった娘を売りに出したものです。

「三越の屋根にペンペン草が生えても日本は滅びぬが、五百万戸の農家に雨が漏っては日本はいったいどうなるか」（橘孝三郎）というのが、当時のファシストのキャッチフレーズだったのです。

私が利根川裕さんの『宴』にも、三島由紀夫さんの『二・二六事件三部作』にも、感銘をうけることがとぼしいのは、かしゃくない政治の実相をすこしもとらえていないその文脈が気に入らないためでしょうが、それらの作品に、この松皮餅のにおい、餅肌のにおい、土のにおいがあまりにも漂白されてしまっているためなのかもしれません。野暮な読み方をする私には、それらはまったく白々しい読後感だけしかあたえないのです。

『対話・日本人論』のなかで、三島由紀夫さんは「ファシズムというのは、ぜんぜん日本にありはしませんよ」と断言しています。「丸山学派の日本ファシズムの三規定というのがありますね。一つが天皇崇拝、一つが農本主義、もう一つは反資本主義か、たしかこの三つだったと思う。そうすると、それはファシズムというヨーロッパ概念から、どれ一つ妥当はしませんよ」。これは三島さんがいぜんとして「文化上の攘夷論者」たるにとどまり、美意識上の危機感覚しかもっていない耽美的パトリオトにすぎないことをよかれあしかれよく示していることばです。

危機における独占資本の鉄拳であるファシズムは、どこの国においても例外なしにその社会的基盤を狂熱化した没落中間階級に求め、その「反資本主義的」エネルギーを利用したのであり、日本ファシズムが「農本主義」的・「反資本主義」的であったのは、まさしく当時農民こそがだれよりも劇しく貧窮と危機感にさいなまれていた旧中間階級であったからにほかなりません。

それが一見ファシズム概念の妥当範囲外のもののように見えたのは（天皇制絶対護持の

「順逆不二」のイロニー

耽美派にそう見えたばかりでなく、天皇制絶対主義論を護持した講座派にもそう見えたのです）、当時の日本の農村関係が寄生地主――小作制という独特な性格をもっていたこと、日本ファシズムが大衆的民主主義運動の未成熟を逆反映して（ナチスのような「社会主義的」大衆運動としてではなく）一種の代行主義としての天皇主義的革新クーデターとして展開されたこと等に由るのでしょう。

磯部たち皇道派の青年将校たちが愛唱した『青年日本の歌』（三上卓海軍中尉作）などを一瞥しただけでも、東北農民の生活的危機の代弁者としてのかれらの観念的エリート意識は一目瞭然です。

噫呼人栄え国亡ぶ
盲ひたる民世に踊る
治乱興亡夢に似て
世は一局の碁なりけり

功名なにか夢の跡

消えざるものはただ誠
人生意気に感じては

成否を誰かあげつらん

やめよ離騒の一悲曲
悲歌慷慨の日は去りぬ
吾等の剣今こそは
廓清の血に踊るなり

悲歌慷慨だけをつづけていた日本ロマン派、そしてこんにちの三島美学は、いわば、こうした代行主義的エリート政治意識と大衆的生活危機との間隙にかっこうな夢見る余地を見出したのだ、と言うことができます。

橋川文三さんが『日本ロマン派の諸問題』において、当時の田中宏明による「全体的普遍性の喪失、即ち社会的階級対立の激化に伴う中間的社会階層の解体没落による中間形象の喪失」という時代的特質の定義に依拠しながら、「日本ロマン派は、まさに解体する中間層のトータルな意識の集中的表現となった」「それは一切の中間的形象の排除ということであり、『自我の感情的投射』と『大日本帝国の拡大』との中間に、あらゆる中間的な価値体系の存在を許すまいとする運動であった」と規定していることは、きわめて鋭く正しい。

三島由紀夫さんは「近代主義者はとにかくだめだということは、二十年でよくわかった」と今さらながらおっしゃるが、「モダニズムは、ブルジョアとプロレタリアのあいだにはさまって、将来に希望をもてなくなった中間層の生活哲学、消費生活の指導原理で、この階級特有のニヒリズムに根ざしている」という大宅壮一さんの当時の定義をあわせ採用してみるならば、神風連や葉隠にまでゆきつく耽美的攘夷論者の哲学は、その実さしてモガ・モボの〝モダニズム〟の風俗哲学と変ったものではないようです。

私が磯部手記に興味をひかれるのは、「死のエロティシズム」などというモダニズム美学を超えて、この挫折したファシスト特有の権力意志のニヒリズムが極限状況のなかでしだいにその極北にまでのぼりつめてゆき、一切の中間的形象の排除の末についには「天皇崇拝」までも排除してしまい、「オレが神になる」という死の絶叫によって自我の感情的投射と大日本帝国の拡大が直接の最後の抱擁に達するにいたっているからにほかなりません。

これは「至福の物語」ではなくて、地獄の物語というべきでしょう。

イタリーのファシズム、ドイツのナチズム、日本の皇道主義――ファシズムはまさにその固有の絶対民族的相貌を持つことによってファシズムなのだ、と言うことができます。ムッソリーニを「魂なき道化役者」として軽蔑し詩人ダヌンチオを崇拝するようなことは、こんにちの耽美派を待たないでも、つとに大川周明などが公言してはばからなかったことなのです。在満青年将校が書いたと言われる怪文書『ヒットラリズムと吾人の進路』などを見るならば、かれら青年将校がヒットラーを「末期資本主義に対する番犬」として批判し、「東洋的な農村本位厚生経済」の進路を主張しているのを読むことができます。

国粋ファシズムとは、まさにそのように固有の顔をもつ国情的なものであることによって、末期資本主義の普遍的表現となったのです。「絶対部外秘」と銘うたれた『秦憲兵司令官ノ訓話』なるものが、〝まこと〟の道の解として、珍妙な図解をかかげていますが（次頁図版参照）、それはそのように祭政一致であることによって、前ファシズム・非ファシズムなのではなく、まことに日本ファシズムの政治的＝詩的原理であったのです。

そして、こんにち『対話』が放言しているように、たしかに祭政一致であってみれば、

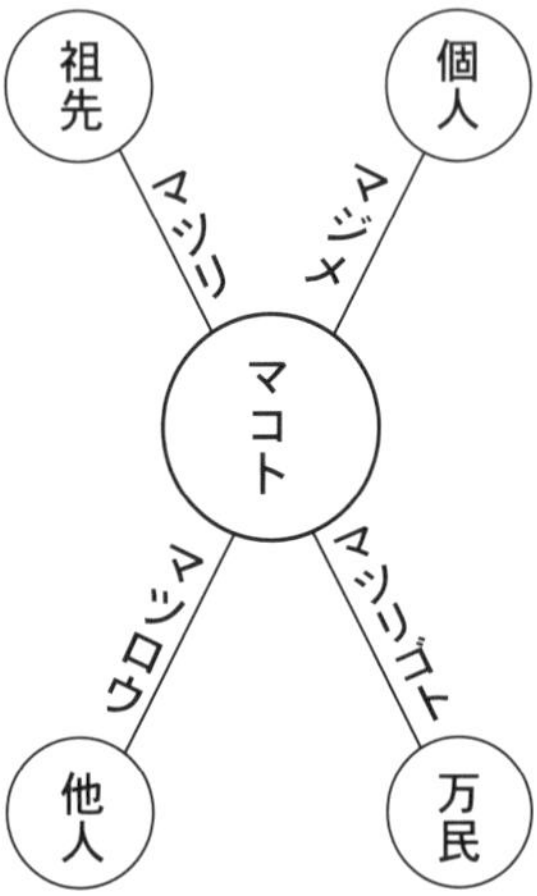


「神のためには何千万人殺してもいいわけだ」ということになりましょうが、磯部浅一のケースの特異性は、無制限な権力行使と完全に無責任な体制を本質とする祭政一致権力政治に翻弄されて、一人の司祭者が、何千万人殺してもいいというその殺す側ではなくて「殺される側」の方に組みいれられた場合、彼ははたして「神のために」を首肯し「天皇に対する忍ぶ恋」を至福のうちに成就することができるか、というきわめて俗凡にして実存的な課題が突きつけられたところにあります。

「一同無言、同志に話しかけられると何に死はもとより平気だと云って強ひて笑はんとするがその顔はゆがんでいるこんな表情を余は生来始めて見た余も亦歪める笑をもらした、泣きたい様な怒りたい様な笑だ自分で自分の歪んだ表情、顔面の筋肉が不自然に動くのがわかった、イヤナ気持ダ無念ダシャクニサワルガ復讐のしようがない」という求刑時の描写、「夜に入り陰雨猛雨交々として来る、雷電激しく閃光気味悪し遠く近く雷鳴続く鬼哭啾々タリ村兄は読経をす余は、寺内、石本等不義の徒に復讐す可くノロヒの祈りをなす、ノロヒなり、ノロヒなり」という十五同志処刑初七日の夜の記述などは一種の実存的人間の叫びとして私の胸にも迫ってくるものがあります。
「死ぬものか、死んでたまるか、殺されたって死んでやるものか千発玉を受けても断じて死なぬ等々と激烈な言葉によってヒシヒシとせまる死魔に対抗した」。死の恐怖のなかで、哀れむべき天皇主義者は嗚咽しはじめます。

天皇陛下は青年将校を殺せと仰せられたりや
嗚呼
秩父宮殿下は青年将校は自決する可
最後を美しくせよと仰せられたりや
嗚呼

これは申すまでもなく、『英霊の聲』の「などてすめろぎは人間《ひと》となりたまいし。などてすめろぎは人間《ひと》となりたまいし。などてすめろぎは人間《ひと》となりたまいし」という譫言のような畳句に直接してゆく黒い嗚咽ですが、磯部浅一は歪める笑のノロヒのなかで、しだいに、最後を美しくなんかするものかという〝白〟への大反逆の方向に実際にはのめりこんでゆくのであり、ついには「すめろぎ」がタダの人間であり邪悪な権謀家である以上、それをも呪い殺さなければならないという不敬な心境にまで変ってゆくのです。

「余は云はん全日本の窮乏国民は神に祈れ而して自ら神たれ神となりて天命をうけよ天命を奉じて暴動と化せ武器は暴動なり殺人なり放火なり戦場は金殿玉ロウの立ならぶ特権者の住宅地なり愛国的大日本国民は天命を奉じて道徳的大逆殺を敢行せよ」。

新発見された手記は、さきに『二・二六事件』（日本週報社・六一年）に収められた『獄中日記』のいわば前付にあたる異本ですが、その『獄中日記』の八月一日の頃には、つぎのような悪魔の宣布が見られます。

「何をヲッー、殺されてたまるか、死ぬものか、千万発射つとも死せじ、断じて死せじ、死ぬることは負けることだ。成仏することは譲歩することだ。死ぬものか、成仏するものか。悪鬼となって所信を貫徹するのだ。ラセツとなって敵類賊カイを滅尽するのだ。

余は祈りが日々に激しくなりつつある、余の祈りは成仏しない祈りだ、悪鬼になれるように祈っているのだ、優秀無敵なる悪鬼になるべく祈っているのだ、必ず志をつらぬいて見せる、余の所信は一分も一厘もまげないぞ、完全に無敵に貫徹するのだ、妥協も譲歩もしないぞ。

余の所信とは日本改造法案大綱を一点一角も修正することなく完全にこれを実現することだ」

悪鬼ラセツとなった磯部浅一はここでほとんど大魔王北一輝と一体の境地にまでいたっています。かれが「わが革命党のコーラン」と呼び「余は法案のためには天子呼び来れど舟より下らずだ」とまで言い放った聖典『日本改造法案大綱』は、周知のように、大正八年八月、山東問題をきっかけに爆発した五・四運動のさなかに、上海の一病室において四十いく日かの断食の後に起草されたものでした。北一輝自身、「第三回の公刊頒布に際して告ぐ」のなかでつぎのようにその間の事情について告白しています。

「自分は革命帝国の法案を考えた。この法案は秋毫も冷静厳粛を紊されてはならない。

しかも自分は閑かなる書斎の代りに、この全世界から起り全支那に渦巻く排日運動の関の声の中に身を縛られていた。一冊の参考書を許されざる代りに　――　おまえの主張によりて戈《ほこ》を執りおまえの本国によりて殺されたるものの瞑せざるを見よとして　――　参戦軍に銃殺されたる同志の忘片見を与えられた。附紐の附いた日本の単衣を着て、小さい下駄をはいて父よ父よと慕い抱かれる。しかも涙の眼を転ずれば、ヴェランダの下は見渡す限りこの児の同胞が故国日本を怒り憎みて叫び狂う群集の大怒濤である。地上に生を享けたるものの多く会せざる矛盾、大矛盾ではないか。泣いて悲しみが和らぎ怒りて当るところあらば地獄ではない。地獄、焦熱地獄の火炎に身を焼かるる悶えに日々水を吸うこといく十瓲《トン》。豪侠岩田の鉄腕さえ痺びるる力をもって、岑岑《しんしん》と時には轟々《ごうごう》と鳴り痛む脳骨を打ち叩かせつつ、（おまえにはつねにお世話になったことを謝する）真に気息奄々《えんえん》として筆を動かしたものである、二三行にして枕し、五六行にして横わり。ゆえに自分は信ずる。後十年秋、故朝日平吾君が一資本閥を刺してみずからを屠りし遺言状がこの法案の精神を基本としたからとていささか失当ではないと」。

全世界から起り全支那に渦巻く排日運動！　私たちは、当時の革新将校が「日露、日米開戦は不可避的なものにして之れ即ち世界第二の大戦を誘発する導火線であることを自覚せねばならぬ、此の時に際し皇軍将校は一致団結以て難局打開に当り、国民又国家興亡の重大時局に覚醒し速かに昭和維新を断行し国内は一切の充実を必要とする」（『戦争を前にして日本は如何に為す可きか』）というような危機的情勢判断に立っていたことをよく追体験することができます。

この危機はことの本質において、近代西欧の侵入による日本の危機なのではなくて、まさに近代日本資本主義の危機なのでした。とくに、近代日本の侵入に抵抗して、怒り・憎み・叫び狂う中国群集の大怒濤によってもたらされた危機なのでした。世界資本主義の第二の危機に特殊激烈にとらえられた当時の日本は、すでに井上蔵相の金本位・緊縮財政に代る高橋蔵相の金本位制離脱・ポンドリンクの低為替・軍事費膨張の〝積極財政〟に見られるような、必死の支配的独創をうみだしていました。

なぜあえて独創と呼ぶかというと、『ファシズムへの道』の大内力さんが強調しているように、高橋財政は、ルーズベルトのニュー・ディールやヒットラーのナチス経済に先がけて、日本資本主義の国家独占資本主義体制への移行をいちはやくとげさせた世界的独創にかかるものだったからです（ケインズの『一般理論』が世に出たのは、高橋蔵相が二・二六事件で殺された年のことに属します)。

そして皮肉なことに、二・二六事件こそ、軍部内における統制派の皇道派に対する完全覇権の確立、北一輝らの銃殺による上からの天皇制ファシズムの深化、それらを通しての「軍財抱合」と呼ばれたファショ的国家独占資本主義の進路の確定への画期になったのでした。

河上肇が法廷闘争のなかで予言していたように、日本ファシズムは、ドイツなどの「ヨーロッパ的概念」とはいささかことかわり、かならずしも下からのファシズム運動の大衆的な勝利という形態をとることなしに、上からのファシズムの深化、すなわち天皇制ファショ化という形態で十二分に機能しえたのでした。

民間志士や隊付尉官のファシズム運動は、そのような権力としてのファシズムの補足物だったのであり、いくたびかの決起クーデターを利用した天皇制は、補足物が邪魔者に転化したときにはようしゃなく「誠忠の士」を切り捨てたのでした。

すめろぎはなどて神になりたまいし。磯部浅一は(北一輝でさえも)その捨て石であり、権力政治の観点から見るならば〝狡兎死して走狗烹らる〟のたぐいにすぎませんでした(「古ヨリ狡兎死而走狗烹、吾人ハ即チ走狗歟」栗原安秀中尉)。この間の歴史的機微に無知なものだけが、磯部らを非ファシストとみなしたり、天皇・重臣を非ファシストとみなすような美学的錯覚にふけることができるのです。

それにしても、「僕は幻滅によって生ずるパトスにしか興味がない。幻滅と敗北は、攘夷の志と、国粋主義の永遠の宿命なのであって、西欧の歴史法則によって、その幻滅と敗北はいつも予定されている。日本の革新は、いつでもそういう道を辿ってきた。唯一の成功した革新は、外国占領軍による戦後の革新です。

僕の天皇に対するイメージは、西欧化への最後のトリデとしての悲劇意志であり、純粋日本の敗北の宿命への洞察力と、そこから何ものかを汲みとろうとする意志の象徴です」と三島由紀夫さんが語るとき、私にはなんとも苦手なその天皇への報いられざる恋患いをしばらくぬきにするとすれば、このことばには〝敗北の美学〟にほかならなかった日本ロマン派いらいの道統を継ぐある種の正しさがこめられています。

それは一つには近代日本の危機の到来は必定であるという予感であり、二つにはその危機において一度は興起する国粋主義は敗北せざるをえないだろうという予感です。

思えば、磯部菱海の成仏しない祈りは、荒魂の領域に属するものとしてすでに二重の敗北の予感の上になりたっていたようです。国運を傾けたファショ的侵略戦争の敗北と、ファシストとしての権力闘争における敗北と。皇道派の二・二六決起は、統制派の権力への道を浄めたにすぎませんでした。

統制派の綱領は「たたかいは文化の父であり創造の母である」という有名な『国防の本義』においてすでに明らかでしたが、単なる軍事綱領ではなく、政治・経済・思想綱領でもあるその文書は、自由主義者や政党人が、「軍人の本分に戻《もと》る」と慨嘆したにもかかわらず、まさにその「戻《もと》る」ことにおいて国家独占資本主義への必死の移行を体現していたのでした。

こんにち〝バーデンバーデンの盟約〟として知られるにいたった統制派の原形成には、在欧中の永田鉄山や東条英機が加わっていたと言われますが、かれらはロシヤ革命・トルコ革命・ドイツ革命をつぶさに現地で見聞した上でかれらの「軍閥」コースを定めたのでした。

こういう歴史のたんげいすべからざるディアレクティケーを、いつも死の相のもとにはあくしなければならなかった日本ロマン派は、これを〝イロニー〟と呼ぶことを常としました。北一輝や磯部浅一の刑死は、そのイロニーの最たるものでした。

上海における岑々轟々の脳病いらいすでにして地獄の大魔王であった北一輝の『改造法

案』は、革新将校たちの聖典であったにもかかわらず、かんじんな天皇＝国体の一点においても革新将校たちをつまずかせ、ちゅうちょさせるものがありました。

二・二六事件を「大正義軍ナリ」とか「勇将真崎アリ」とかの霊告によって指導した北一輝は、一個の政治的無能力者であったとともに、〝天、地下、あるいは大洋の奥底へ至る忘我的な旅行〟の能力をもつシャーマンとして、まさに現人神になりたまいし天皇の強力な競争者であった、と言わなければなりますまい。

当時においてこのような形而上的領域を天皇と争った指導者は、かれを除いては白馬にまたがった大本教の出口王仁三郎しかありませんでした。

磯部、村中、北、西田の銃殺が執行された一九三七年八月十九日、「われわれも天皇陛下万歳を三唱しましょうか」と話しかける西田税にたいして、北一輝は「いや、わたしはやめましょう」と答えたということです。

この答のもつイロニーを、獄中において悪鬼羅刹に変貌した磯部浅一もまた味解できたにちがいありません。

私は、目黒滝泉寺に建てられた「経国院大光一輝居士」の碑に刻まれた大川周明の碑文が好きです。

「順逆不二」のイロニー

「歴史は北一輝君を革命家として伝えるであろう。しかし革命とは順逆不二の法門、その理論は不立文字なりとせる北君は決して世の常の革命家ではない」。

わが「深広院無涯菱海居士」も、その『獄中日記』の八月三十日の項、「一、余は極楽にゆかぬ、断然地ゴクにゆく……ユカイ、ユカイ、余はたしかに鬼になれる自信がある、地ゴクの鬼にはなれる、今のうちしっかりした性格をつくってザン忍猛烈な鬼になるのだ、涙も血も一滴ない悪鬼になるぞ」と書き出した日記を、つぎのように結んでいます。

「革命とは順逆不二の法門なり」と、コレナル哉、コレナル哉、国賊でも忠臣でもないのだ。

# 文化防衛と文化革命

『三田文学』69年6月号

もともとこれは、三島由紀夫さんの新刊本の書評ということで、ひきうけたものでした。新潮社から近く『文化防衛論』という本が、出るのだそうです。たまたま本屋さんの方から、三島さんと私が『文学界』誌上でおこなった耳順的対談をその本のなかに収録してもよろしいか、という引き合いがありましたから、出ることはまちがいないのでしょう。

ところが、その本がまだ世に出ないうちに、この雑誌（三田文学）の締切日が来てしまったわけです。そこで、三島さんをめぐるよもやま話を書くだけのことになります。

私なんかの前口上で前景気として三島さんの本を引き立てるのに、はたして役に立つか、どうか？　もっか「東大解体」に熱中している私にとっては、日本文化を防衛したいなんて殊勝な気はさらさらありませんが、なにしろ今度の場合だけは、ページ割り計算で私の方にもいくらか印税の余禄がまわってくるというので、少々いたしかゆしといったところなのです。

ついでにこの機会をお借りして、忘れてしまわないうちに先に、世上流布されている誤説を訂《ただ》しておきますと、三島さんと私とが戦争中の東大法学部の同級生であることはほんとうですが　――　だから、どちらもエリート臭ぷんぷんと〝東大解体〟などというオダをあげることが、期せずしてできるわけ――、私が一番で日銀、三島さんが二番で大蔵省、というのは、私の政治的謀殺かなにかをねらっている連中がたぶんふりまいているデマです。

だって、東大法学部一番ときては、なんとなく出ッ歯の岸信介か、その賢弟である佐藤栄作あたりに似てきてしまうではありませんか。私が日本銀行に入ったことがあるのは本当ですし、三島さんが一番か二番かの成績なのもたぶん本当なのでしょうが、私が一番ということは事実無根です。

私は試験以外の時には、本郷の聖域＝大学構内に足を踏み入れたことが一度もありませんでしたが、そんな怠け者に一番をくれるほど、当時だって東大はガタガタと解体してはいません。私は、三島さんとはちがって、品行は方正だが、学術は劣等な法律書生だったのです。

そういう同級生である私は、たとえば三島さんが、自分の文学は「空襲の時に転がっている死体を見て、自分でなくてよかったというあの感じから出発しているようなものだ」と語っているのを聞くと、よく分る。その気持、よく分る、としか言いようのないくらいに、いささか気恥ずかしいくらいな同級生的・同世代的ツーカーで実によく分るのです。

「二十世紀の文学のあるものについて、生理的嫌悪を感ずるのは、自分に関心を持ち過ぎるというのが、とても耐えられないのだ」というのも、よく分る。「大体、自分になんかだれも興味をもってくれないというのは、まず社会の根本原則ですね」というのは、ますますよく分ります。

〝一銭五厘の兵隊〟ということばがありましたが、私たちは〝員数〟でかぞえられる一山イクラの人的資源、それも戦時消耗物資にすぎなかったのです。持ち過ぎるもなにも、自分に関心はおろか、なんの幻想も持ちようがなかったのです。

軍隊に行ったことのある者ならだれも経験した平凡きわまる価値序列ですが、当時の私たちは軍事教官から、菊の紋章のついた三八式歩兵銃がいかに兵隊＝人間よりだいじか、ということを、口の酸っぱくなるほど聞かされたものです。

悠久の大義なるものへの献身とは、三島さんにとっての美学の神髄なのかもしれませんが、そのイメージは私にとっては、いつも、戦場のぬかるみにブクブク沈んでゆく時、身は泥まみれに頭の先まですでに没しながらお手を空にさしあげて三八式歩兵銃を支えているわれとわが姿、でした。なにしろ、どこまでつづくぬかるみぞ、三日一夜は食もなく……という軍歌で育った世代なのですから、私たちは。

そういう泥だらけの献身をあまりカッコよかないなと思っていた私は、昔から美学にはあまり縁のない若者だったのでしょうが、三島さんの大好きな〝菊と刀〟をふたつながら全うする美のイメージは、私の説ではきっとそのブクブクブクのイメージにきわまりますね。私の高校時代の〝総代〟は、鷲尾克己という男でしたが、その品行最方正・学術最優等の同級生は、特攻隊の一員として台湾沖で死にました。

戦後世代の小田実さんがよく、特攻隊映画は白マフラーをなびかせてカッコよく出撃する場面できまって終ってしまうが、その先を見つづけよ、彼らは敵艦までもゆきつくことなく、海上で落されてしまうにちがいないのだ、としんらつに言いますが、全くもってその通りなんで、これまたカッコ悪くブクブクブクブクなんですね。

鷲尾克己は、海の藻屑になったのだと思います。藻屑になんかだれも興味をもってくれないのは、「社会の根本原則」なのかどうか、とにかく世の定めなのです。海行かば水漬く屍、山行かば草蒸す屍、大君の辺にこそ死なめ、かえりみはせじ！　私たちは、「聖戦」の神話やスローガンを言い換え、歌い換えて生き残ってきた者ですが、あの悠久の美調は歌い換えてみるならば、そういうことだったのです。ブクブクブク、豊饒の海にね、藻屑、だれも知っちゃいない。

生き残った特攻隊員は、戦後の焼跡のヤミ市に現われました、あの白いマフラーをなびかせながら。今でもみなさんは、三島さんのＧＩ刈りの頭に、その名残りをたやすく見つけることができるでしょう。

映画で言えば、『酔いどれ天使』でデビューした三船敏郎さんの役どころです。アンチャン刈りのアニキです。最近ので言えば、『血と掟』の安藤昇さんの役どころですな。殺伐で虚無的な眼つきをしてなければいけません。その眼つきは、人を殺したことがあるからでもありますが、それ以上に腹がへってたからなのです。

私は、白いマフラーをなびかせた安藤アニキが、私のごく親しい友人である金井佳子さんや中村富士子さんを焼跡で青カンしながら、しだいにのし上ってゆく映画を見た時には、なるほどなあ、と思いましたよ、全くの話が。どう「全く」かと申しますと、とどのつまりがヤクザの足を洗ってノーベル賞かなんかめざすところなど、三島さんの戦後文学の閲歴にそっくりなんです。

閑話休題《さて》、さてとルビをふっておいて、どうせまたあいかわらずの閑話ですが、鷲尾克己には恋人がいました。今様の定義では「恋人」と言えるかどうか。片恋というのかな、こちらが一人で想っているだけで、あちらはこちらが想っていることなどさっぱり御存知ない、という片恋以上のなにかなんです。三島さんの好きな美学で定義しますと、「忍ぶ恋」

なんですね。

言語論理学の問題に、「いいだが三島に会った」は、「三島はいいだに会った」に逆置換がきくけれども、「彼は彼女が好きだった」は、「彼女は彼が好きだった」に逆置換がきかない、という区別立ての問題がありますが、その後者の方の論理的典型。私なんかにはじれったくてしょうがない。どうも、鷲尾のような品行方正・学術優等的総代は、融通がきかないからいろいろ困るんです。

ところがその相手の女性が、特攻死後に鷲尾の遺した日記かなにかから、自分が「忍ぶ恋」のヒロインであることを知りました。戦後しばらく、彼女は、物語の女にふさわしく喪服の似合う聖処女として暮らしていました。

私がこうやって書くと、どうもマンガになってしまってまことに申しわけありませんが、この美談なんかは、『春の雪』の禁断の恋なんかよりよほど美学的だと私は思いますね。なにしろ、相手が雲上人のそのまた上の方に昇天してしまった人なのですからね。

清顕が聡子のお太鼓を解くようなめんどうくさい真似はいらないし、白いマフラーがネズミ色によごれてしまうこともないわけなんです。ところで、その彼女は、戦後が終ったと喧伝された時期に結婚しました。バーのホステスかなんかやってたんじゃないかな。ちがってたら、ごめんなさい。

　きょうびにふさわしく、私はそのことを、農村オルグの途中、田舎のガタピシ電車に乗っていた時に、前の乗客がたまたま座席にほったらかしていった週刊誌に載っていた話題のなかで、たまたま走り読みしたのです。ナーンダと言うことなかれ。私は彼女のおそまきながらの結婚を嘉しとしているのです。そのマイ・ホームの平和への屈服を。

　そのへんのところが、どうも私はちがうんだな、三島さんと。俗に言えば、ウマがあわないんでしょうな。たとえば、三島さんはこんなふうに言ってますね。――「平和の時代だから、自分の問題が人にも大きな影響を与えるだろう。平和の時代だからこそ、われわれは秩序を保って生きている。われわれの生の秩序というものは、われわれがその秩序を保とうとする努力は、人間生活の一つの代表的な寓喩になっているだろう」という、そういう考えは全く信じられない。

　根本的に考えが違うのですよ――と。これには私も全く同感なんだ。同意見といってもいい。私は、〝平和と秩序〟派じゃないからこそ、新宿騒乱であり、東大解体であるわけですね。私は、戦後という〝時代の情婦〟ではないんです。むしろ、「平和と民主主義」の対極にどうやって自分を持ってゆくか、ということなのです、私の生き方や、考え方や、感じ方は。だけど、私のその戦後の持ってゆき方は、戦争中、「戦争と専制」の対極にどう自分を持ってゆくかということであった持ってゆき方のつづきなわけ。そこが彼とちがうんだな、きっと。

ありていに言って、私は、三島さんも私と同様、戦争中には、一銭五厘の兵隊になることからも勤労動員の員数になることからも逃げまわっていたのじゃないか、と思います。

三島さんが女性誌上で人工肉的ヌードを誇示するさいにつけている越中バタフライね、あんなものはいくら戦争中だって、私たちは着けてやしませんでした。私などは、越中フンドシをつけたのは、後にも先にも、徴兵検査の時だけです。その検査たるや、バタフライもとらされちゃってオールヌードなのはいいが、「特出」式に、四つん這いになってケツの穴まで見せなければならないんですからね。忠義というものもなかなか大変なものでしたよ。

検査では私は「第一乙」でしたがね。三島さんだって、けっきょくのところは、徴兵忌避者だったんじゃないか、とも疑う。三島さん自身、一度、正直に —— というのは、『英霊の聲』みたいにオドロオドロしくない語り口で —— 語ったことがありますよ。

「僕は、文学者というものは卑怯なものだということは肝に銘じているし、兵隊にもとられないでよかったと思っていた人間ですから、それは勇猛果敢な人間とは一緒にならないですね」。

兵隊にとられないでよかったと腹のなかで思っている人間が語る「忠義」や「献身」や「恋闕」は、あまり当てにはならないのではないでしょうか？　とくに大衆天皇制として生き延びることに懸命な天皇制自体にとって。

私にとっての戦争中の問題は、この人間的〝卑怯〟はどこから由来し、つきつめていったらどこに行きつくのか、ということでした。だからまとめて言えば、「戦争と専制」の対極に立つにはどうしたらいいのか、ということになるわけです。

戦後がどういうぐあいにそのつづきなのか、と申しますと、たとえば、今日の管理社会における「孤独なる群衆」としての一山イクラというこの自分の取扱われ方は、菊の紋章つきの三八銃よりも劣等な員数にすぎなかった時代のひきつづきで、人的資源の確保、人的能力の養成とか称して、マンモス大学で粗製濫造的に人格が製造されているかぎり、戦中も戦後もたいしてかわりがない、と思うわけです。戦争消耗品としての私は、労働力商品としての私のきわまった姿なんだろう、ととらえかえすわけです。だから、東京帝国主義大学解体、日本主義大学打倒、というしだい。

なにしろ、クラーク・カーというその道の世界的権威がものした『大学の効用』によれば、大学は「知識工場」なのだそうで、「知識」の生産・分配・消費はアメリカの国民総生産の三〇パーセント近くを占める、というわけですから、そういう解説を読めば読むほど頭がカッカカッカとしてくるわけです。

昔が一銭五厘の赤紙なら、今は一銭五厘にもつかないコンピューター用の型紙で、全人格を取扱われてしまっているわけです。

たとえばですね、三島さんはフランツ・カフカの小説などはお嫌いかもしれませんが、ある朝、グレゴール・ザムザが気がかりな夢から目ざめたとき、自分がベッドの上で一匹の巨大な毒虫に変ってしまっているのに気づいた、としますと、まあ、私たちはもう虫の員数に入ってしまっているわけなのでしょう。

戦後日本を風靡した（三島さんにも強迫観念を残しているらしい）ルース・ベネディクト女史の『菊と刀』は、欧米人の〝罪の文化〟、日本人の〝恥の文化〟という有名な両建てをやってみせましたが、世界いたるところ、毒虫に〝罪〟も〝恥〟もないじゃありませんか。

私たちは世界的共通性において、大戦、ファシズム、強制収容所、スターリン時代、アウシュヴィッツ、ヒロシマ、オキナワ、ベトナムを経験したのであり、それを通して戦後に生き残ってきたのです。そして今日もなお、私たちは、世界的同質性において、菊と刀、つまり同意と強制による巨大なヘゲモニー装置のなかに組み入れられているのではないでしょうか。

グレゴール・ザムザは、自分が虫に変ってしまったことに、ある朝気づいたからまだいい。デビッド・リースマンは『孤独な群衆』という有名な本のなかで、マス・デモクラシーのもとにおける〝外部志向型〟のレーダー的人間を、マン・オブ・ザ・ストリート（街頭人）の典型としてつかみだしてみせましたが、このような「平和と民主主義」の市民は〝罪の文化〟どころか、自分が孤独であること、内面性を失ってしまっていることに気づくことさえもないのです。

このような世の中を、戦後日本に即して、三島さんは「平和憲法下、世界にも稀な無階級国家」と規定するわけですが、私にいわせれば、それは「平和と民主主義」秩序のなかに私たちを一山イクラで統合し包摂する世にも稀な階級国家にほかならないわけです。

その世にも稀な現代資本主義的高度さがどこにあらわれるかというと、なによりもかによりも、それに気づくことがないという意識の剥奪にあらわれます。私にとって、〈文化防衛〉ではなく、〈文化革命〉が問題であるゆえんです。

念のため、「文化大革命」じゃありませんよ。大きいのはあれは世界の太陽毛沢東さんの話。私のは小人たちのやる文化革命。

ついでに、三島さんの強迫観念をぬぐい去るために一言しておきますと、ベネディクト女史の〝菊と刀〟式の日本文化型論は、彼女のアメリカ・インディアンの人類学的研究のひきつづきにすぎないもので、彼女はすでに、プエブロ族の文化を〝アポロ型〟、クワキットル族の文化を〝ディオニュソス型〟、あるいはまた、クワキットル族を〝誇大妄想型〟、ドフ型を〝偏執症型〟と両建て化するサイコロジカル・セットを完成しており、それを彼女が一度も見たことも来たこともない日本に机上作戦的に適用しただけのことだったのです。

もう一つついでに言いますと、今日は、アメリカン・デモクラシーの神話から解毒されるのに一番いい薬は、おそらくアメリカ・インディアンの文化なのであって、その意味では〝菊と刀〟の日本文化もまた、近代欧米〈罪〉文化よりはよほど普遍性・未来性があるものとして、再評価されるかもしれません！

三島さんが日本人の血を濁したと言って切歯扼腕している「文化主義」の害毒は、なにも戦後の日本だけに限ったことではなく、いわば世界大のことなのです。

ジェルジ・ルカーチはすでに第一次大戦後に、「ひとつの創作された総体性」としての現代小説の課題について、語ったことがあるではありませんか。これは三島文学の用語で言えば、「世界包括」ということにほかなりますまい。

アメリカン・デモクラシーということで言えば、マルコムXなんかは、おれたちは新大陸へメイフラワー号にのってやってきたんじゃなくて、その前に奴隷船ではこばれてきたんだ、という言い方をします。

アメリカ・インディアンに言わせれば、彼等はそのまた前からそこに住んでいたわけなんで、「新」大陸という呼び方自体が、後からのしこんできた礼儀知らずの成り上り者特有の呼び方にすぎないでしょう。

「良いインディアンは死んだインディアンしかない」という有名なことばがありますが、近代西欧史観からすれば、インディアンを殺したのは神の手にほかならないわけです。

「自由か、さもなくば死を」と叫んだかのパトリック・ヘンリーは、奴隷を使っていたプランターなのですし、正直者のジョージ・ワシントンは、正直にインディアンのことを「狼同様のヤバンなもの」と呼んでいました。

実のところ、こういうことを私は、アメリカン・デモクラシーとパクス・アメリカーナの神話がベトナム侵略戦争の失敗を機に崩壊しはじめた今日にわかに知ったのではなくて三島さん同様、あの戦争中にたたきこまれているのです。

私も、頑固な反動派同様、なにごとも忘れやしませんし、なにごともカンタンには清算しやしません！　日本軍国主義は私にとって最良の〝反面教師〟だったのですから。

ただそのところから、私は三島さんのように日本ナショナリズムにはゆかないだけのことです。その正反対に出ているだけのことです。大体が、西欧自体においても、第一次大戦後は、オスワルト・シュペングラーの有名な『西欧の没落』という定式に一言もってあらわされたように、近代西欧中心の世界包括は少なからぬ西欧インテリによっても根本的に疑われているわけです。

クリストファ・ドーソンは、近代西欧文化を歴史上の〝変則〟にすぎないとみていますし、アーノルド・トインビーは、ヴァスコ・ダ・ガマ以来西洋文明は解体現象を呈していると言っていますし、T・E・ヒュームは〝進歩の観念〟は擬似範疇にすぎないと喝破しています。

この没落感、危機感から、ドーソンやT・E・ヒュームやエリオットの「伝統主義」、カソリック的秩序への回心が生じてきたわけです。アーヴィング・バビットは〝モダニスト

〈近代主義者〉〟と〝モダーン〈近代人〉〟という言葉の使い分けをいたしましたが、私どもは、「伝統主義」そのものが伝統の危機の産物であること、モダニストの危機における行動心理パターンであることに、注意する必要があります。

トインビーのような碩学にあっさり言わせれば、「西欧が世界で重要な部分だったことはかつて一度もなくて、西欧がその隆盛の絶頂にあったときでも〈そしてその時代はあるいはすでにすぎ去ったかも知れないのであるが〉、西欧だけが近代史の舞台で何かの役割を演じたなどということは決してない」のです。

そのことはいわば分り切ったことです。世界一のモダニストがベトナム人民に打ち負かされつつある現在、黒人による新しい建国神話が組み立てられつつある現在、このことは戦後のいつにもましてきわめて広範囲に明らかになりつつあります。

ところで、だからと言って、そのことは日本ナショナリズムの復権、戦争中の天皇制神話の復権にみちびくわけのものでは、ぜんぜんないのです。

平田篤胤はすでに、日本が万国の祖国で、天皇は万国の大君である、と主張しました。ナショナリズムによる世界包括は、どうしたって、そういう狂信、迷信にゆきつかざるをえません。そこから唯一出てくる世界包括は、「凡そ外国の古伝は皇国の正伝の転訛なれば、我れの正伝を本とし」といった明治初期の教科書編輯条例のような基準に由らざるをえません。

この奇妙な〝型〟が、すべての大本となってしまうのです。私は逆に、皇国を〝転訛〟とみなすパロディの立場に昔も今も立ちつづけています。最近も『日本の文化と哲学』という一大論文で、〝日本的なるもの〟の定義ほどむずかしいものはないということを、縷縷《るる》講釈したばかりのところです。

なにしろ、柳田国男によれば、国粋主義者の愛用する足駄はもともとは舶来品なのですし、内藤湖南に言わせれば、忠孝という日本固有の美徳そのものが支那からの輸入品なのです。

私自身の純日本的な名の原名である「桃太郎」のごときも、石田英一郎にしたがってその母源をたずねもとめてゆけば、新羅の地仙、八丈島の種婆、ビザンチンの西女、華南の竜母、ミンダナオのウアカタン母、インドのシャークティ、エジプトのイシス、ギリシアのゲーアー……と、とめどなくなつかしい西欧的故郷に戻っていってしまうのですから、ナショナリズムというものは奇妙にむずかしいものです。

だいたい、「文化的概念としての天皇」、あれがいただけません。私にしてみれば、三島さんにしてもそうだろうと思いますが、そういう議論は戦争中に少々聞きあきているのです。私は自称〝西田幾多郎の最後の弟子〟ですが、西田先生から「矛盾的自己同一としての皇室中心」とか、「世界としての皇室の物である事である」とか、「どこまでも縦のものとしての皇室」とか、よく聞かされたものです。私のように、タテのものをヨコにもしない怠け者には、全くもってチンプンカンプン、馬の耳に念仏でした。

そういう私から見るならば、戦後の「博物館的な死んだ文化」と「天下泰平の死んだ生活」との二つの化合物文化を守るその結び目にあるものこそ、まさしく「文化的概念としての天皇」なんだな。ミッチー・ブームなんてのをごらんなさいな。「などてすめろぎは人間となり給ひし」ヒュードロドロといった風に、三島さんにとっては天皇の「人間宣言」が痛恨のきわみなようですが、どうも私としてはこういう恨み言とどうつきあったらいいのか分りませんね。

戦後、そうした文脈から言って鮮やかに私が記憶しているのは、占領軍司令官マッカーサーと並んだ御真影が新聞に出たら、マッカーサーの方が八頭身でカッコよかったこと、敗戦の惨土をまわり民草の辛苦を思う大御心のかたじけなさ、「アーソウ」としか玉音が出なかったこと、この二つです。私は、ですから、文化的概念＝人間的概念としての天皇には、それ以上のことを想像しにくいのです。

天皇のことは恐れ多すぎて全く困るんですが、今も〈不敬言動審査会〉というのから、私に「出席通知書」なるものが舞いこみました。こちらに出席してくれという通知を「出席通知書」とは、私より日本語を愛していない連中らしいが、「四月六日午後一時三〇分に、神奈川県中郡大磯町寺坂七五九大日本殉皇会出張所に」出てこい、とあります。「反省、謝罪、転向のための参考資料」なるものが、れいれいしく添付されておって、それには「歴史学研究会員より当会に謝罪書きたる」とか「歴史教育者協議会講師より当会に反省書きたる」とか「石川達三の返書」とかが収録されています。

そして、「謝罪、反省、転向される方は左記いずれかに御連絡され度い」というところに、筆で赤マルがつけられ「四月担当審査員杉山他四名」となっています。要するに、実際はこういうことなんですよ、「文化的概念としての天皇」というのは。

だから、三島さんが日本文学には剣がない、なんて力むと、こちらはたいへん困っちゃうんだな。吉川英治の二刀流『宮本武蔵』なんていうのもありますし、無刀でも富田常雄の『柔一代』なんていうのもありますし、日本文学にはありすぎるくらいなんですからね。

そして私たち世間人は、以前から、荒木又右衛門はバッタバッタと三十八人斬りをしたとか、岩見重太郎は岩をチギっては投げ、チギっては投げしてヒヒ退治をしたとか、おもしろおかしく転訛させて、〝剣の文学〟をなるたけ、吉川英治的・富田常雄的でない衛生無害なものに、せっかく脱臭してきたばかりですのに。『葉隠』の註釈書を今どき出したりするのは、エンターテインメントにしては、すこし力みすぎではないでしょうか。

　私は前にも書いたことがありますが、佐賀鍋島藩については、佐賀論語よりも、ダンゼン、化猫騒動の方に興味をもっています。戦前なら鈴木澄子さん、戦後なら入江タカ子さんの得意な化猫物ですが、あれだって由緒正しく言うと、瀬川如皐の『花野嵯峨猫魔稿』以来のものなのですが、それが映画で見れるなんて、そこがホレ、戦後民主主義のありがたさじゃありませんか。

　それもある大学者の説では、胴の長い日本型貴族美人入江タカ子が戦後猫になって化けて出てきたのは、八頭身ばやりの戦後になってスターの座から失格したその怨念が凝ったためなのだそうです。これなんか典型的な歴史的悲劇なんだから、『豊饒の海』の一章になりませんかねえ。

　私が思うに、江戸時代の世間人は、武家社会のお家騒動を化猫騒動に転訛させて楽しんでいたのではないでしょうか。その点は、化猫話でいいようにからかわれた鍋島藩の元禄

泰平武士だけに、山本常朝などもすっかりあきらめて達観しているようですよ。聞書第二に日く、

「時代の風というものは、かえられぬことなり、段々と落ちさがり候うは、世の末になりたるところなり。一年のうち、春ばかりにても夏ばかりにても同様にはなし。一日も同然なり。さればいまの世を、百年も以前のよき風になしたく候うても成らざることなり。さればその時代時代にて、よきようにするが肝要なり、昔風を慕い候う人に誤りあるはここなり。合点これなきゆえなり。また、当世風ばかりを存じ候うて、昔風をきらい候う人は、かえりまちもなくなるなりと。」

世間の言葉では、以前は、〝出家、侍、犬畜生〟と言ったものです。近松門左衛門の『吉野都女楠』にも、安藤昌益の『法世物語』にもある言葉ですが（後者は私が編した『近代日本の名著』の一巻に収録してありますから、ぜひ読んでみてください）、当時のこどものはやし言葉にも適していたのにちがいありません。〝犬のクソ〟のたぐいです。

三島さんが、美空ひばりさんに「お坊サンみたいな人」と言われて、喜んでいるんだか、

悲しんでいるんだかする話がありますけどね、それはまちがいなし、犬のクソの方の話なんですよ。やっぱり女は見るところは見ている！

『好色一代男』は『葉隠』と同じ頃出たわけですが、「たはふれし女三千七百四十二人、少人のもてあそび七百二十五人」なんていうのは、〝出家、侍、犬畜生〟と罵倒するくらいの気概がないとできっこないにきまっています。おふざけの精神ですね。

わが固有神の道統、神懸りの伝説は、『英霊の聲』なんていうものより、元禄西鶴の方が継承しているのではないでしょうか。もともと神為痴態から転訛してきたわが芸能道です。わが国最初の芸能者である海幸彦は、山幸彦によって敗られた敗者なのです。神代紀によれば彼は、「是に兄犢鼻《たふさ》して、赭土《そばた》を以て掌に塗り面に塗りて、其の弟に告して白して曰く、吾身を汚すこと此の如し、永に汝の俳優者《わざをぎびと》たらん」と、水に溺れる痴態を演ずるわけです。「初め潮足に漬く時には則ち足占《あなうら》を為し、膝に至る時には則ち足を挙げ、股に至る時には則ち走り廻る、腰に至る時には則ち腰を抱き、腋に至る時には則ち手を胸に置く、頸に至る時には則ち手を挙げて瓢掌《たびろか》す」。天皇に帰属した隼人の舞の起原ですが、まったくもって歩兵銃を頭より高く高くかかげもった私たちにそっくりではありませんか！

わが芸能はもともと、豊饒の海にブクブク沈んでゆく痴態なのです。この物真似＝もどきは、神とのコミュニケーションとして共同体の精神的統合をはかるものですが、『魏志倭人伝』に有名な卑弥呼の「鬼道」、つまり天皇朝の征服祭司的な神懸りとは、すこぶる対照的ではありませんか。くわしくは、「スーパーオイキア国家と道化的知識人」について論じた私の大論文（『われらの革命』所収）を読んでみてください。

三島さんにしたって、本当はそうでしょう？　『憂国』のような「創作された全体性」を映画として作るためには、いかに雪の二・二六を赤い血で染めた日の丸弁当的悲願であるといっても、実際には自分の腹を切るわけにはゆかないから、そのハラキリの場は豚の陽かなんかで間にあわしておくほかないんです。

「清顕は聡子の裾をひらき、友禅の長襦袢の裾は、紗綾形と亀甲の雲の上をとびめぐる鳳凰の、五色の尾の乱れを左右へはねのけて、幾重に包まれた聡子の腿を遠く窺はせた。しかし清顕は、まだ、まだ遠いと感じてゐた。まだかきわけて行かねばならぬ幾重の雲があつた。あとからあとから押し寄せるこの煩雑さを、奥深い遠いところで、狡猾に支へてゐる核心があつて、それがじつと息を凝らしているのが感じられる。

やうやく、白い曙の一線のやうに見えそめた聡子の腿に、清顕の体が近づいたときに、聡子の手が、やさしく下りてきてそれを支へた。この恵みが仇になつて、彼は曙の一線にさえ、触れるか触れぬかに終つてしまつた」

医学用語で臆面もなく言えば、少年の早漏の場面ですが、『春の雪』のこういう描写はたしかに栄耀華麗です。博多商人島井宗室の有名な遺訓では、「ゑようなる事」は四十以上、「くわれいなる事」は五十以上のことに属し、一般に「けいのう（芸能）」は四十までは無用に候なのです。

わが三島由紀夫さんも、ようやく、そういう年になられたのだと思います。そこで同年輩の私がぜひとも三島文学に望みたいことは――望みなきこととは知りながら望みたいことは、昭和元禄の代表作家として、ぜひ西欧風の転合書がほしいということです。

日本古典文学体系の『西鶴集』からは、戦後民主主義にふさわしく、好色物や町人物でない〝武家物〟が一切はぶかれていますが、最近の高尾一彦さんの研究『近世の庶民文化』によるならば、西鶴はちゃんと武家義理物語をも、〝出家、侍、犬畜生〟の線に沿った転合書として書いているわけです。ゑよう、くわれいなる剣の文学、大いに出でよ！

# ダンディーな男

『婦人公論』67年6月号

**加山雄三**　ことしは日本中で嫌な事件が多かったものね。われわれも、映画やテレビで、もっともっと楽しい仕事をして、みなさんによろこんでもらうように努力しなくちゃね。

**由美かおる**　ええ

**加山雄三**　（由美の持った人形を手にとって）トッポ・ジージョか。こいつもことしはよく活躍したな。

**トッポ・ジージョ**　シアワセダナア。ステキなひとに抱かれて。ボカァいまがイチバンシアワセナンダ。

**加山雄三**　参った。参った。

これは、ある週刊誌の本年正月元日号を飾ったおめでた対談のおしまいのところです。大学の若大将こと加山雄三さんは、一九六七年最高の年男、もっともおめでたい男なのかもしれません。日本中を黒い霧が蔽おうが、白砂糖に汚職蟻が真黒に群がろうが、「平和と自由」のためジョンソンが百万人にのぼるベトナムのこどもを殺傷しようが、そのように「嫌な事件」が多ければ多いだけ、ますます若大将はハレバレと世にもトッポくおめでたい顔を日本中にふりまかなければならないのでしょう。

今日のスターは、幸福販売人、シアワセを売る人でもあるのです。そういえば、映画やテレビや車内広告に現われる彼ら、彼女らの顔は、私たちの玄関口に立って、見も知らない私たちにニコニコ、ニコニコ笑いかけ、流暢な猫なで声を出しながらおもむろになにやらパンフレットめいたものをとりだす、生命保険やなにかの外交員たちの顔に、似ていないでもありません。

私などは、本当のところ言いますと、三十面さげた大の男が、「ボカア、シアワセダナア！」などと大口あけて笑っているのを、見たり聞いたりしますと、まったくの話、マイッタ、マイッタ、という気がしないでもありません。

トッポ・ジージョではないけれど、この〝幸福一杯、ノリタマ三杯〟のシアワセ人形をあやつっているカゲの腹話術師は、だれなのかいな、とかんぐってみたくもなります。なにしろ、世は、政界団十郎などとよばれてその筋（？）に人気のあるとかいう大根役者が、「このシアワセをいつまでも」というような歯のうくような政治スローガン（？）をかかげて、大わらわに熱演中のところなのですから。

バラが咲いた　バラが咲いた
真赤なバラが
淋しかったボークの庭に
バラが咲いた

ご存じマイク真木さんのフォーク・ソングですが、この平和の時代の新しい民話の世界では、たったひとつのバラ、それも小さなひとつのバラが咲けば、それだけで、淋しかったボークの庭はたちまち明るくなるのです。マイ・ホームにおける一点豪華主義の魔術なのでしょう。

いま評判のテレビ番組に、ＴＢＳの〈あなたは……〉というインタビュー番組があります。東京はあなたにとって住みよいですか？　空がこんなに汚れていてもですか？　祖国のために戦うことができますか？　命をかけてでもですか？　などと、行きあたりばったりの人にぶっつけ本番に訊ねる街頭番組ですが、その第十四問は「あなたは今幸福ですか？」という問いかけです。

このとっておきの問いにイエスと答えるシアワセダナア族は、とくにマイホーム主義者に多いようです。ある週刊誌の〈しあわせ〉アンケートによれば――

世田谷区A子さん（二十四歳）ほほえみも涙も、ささやきも叫びも、すべて生きている幼な子と、夫との三人の生活、陽の光も雨も風も、現在の日々すべてが〃しあわせ〃です。

渋谷区N子さん（二十九歳）主人の笑顔とこども二人の健康なとき。ドライブで主人のとなりに坐り、明日の家計を忘れているとき。結婚五年の間、こわれることのなかった平凡で大きな幸福。

日々是好日、日々是幸福。この痛々しいまでに、息苦しいまでに切実な幸福感を、笑う権利はだれにもありません。渋谷区N子さんにしたところで、ドライブ中のマイ・カーのなかで明日の家計のことをひょっと思い出したりした時には、この物価高のなかで、ささやかなバラ色ムードも、一瞬にして色あせる思いにかられるにちがいありません。

別な暮し向きアンケートでもまわってくれば、「前の年より苦しくなった」というところに、大きくマルをつけることでしょう。エープリル・フールの四月一日に行なわれた朝日新聞の〃生活実感を探る〃世論調査では、「暮し向きが前の年より苦しくなった」という答が、実に半分を超して五十二パーセントに達しており、人びとが笑うに笑えない四月馬鹿気分にいることがわかります。「前の年より楽になった」と答えている、現実の〃バラが咲いた、バラが咲いた〟お花見気分の持主は、わずか八パーセントにしかすぎないのです。この幸福実感と欠乏実感との奇妙な交錯、奇妙な乖離のなかで、マイ・ホーム主義者のバラ色イメージは、フランツ・カフカの小説の主人公であるサラリーマンが、ある朝突然、自分が一匹の昆虫であることを発見したように、みるみる、異常で小さな、あまりにも小さな幸福に収縮してしまいます。

ですから、時代の歌手である加山雄三さんは、バラ色の幸福の販売人であるばかりではなく、幸福の代理人でもあるわけなのでしょう。戦後民主主義のなかで、自民党の団十郎が人びとの幸福を政治的に代理しているように、加山雄三さんをはじめとするブラウン管のスターたちが、人びとの幸福を幻想生活的に代理しているのでしょう。

じっさい、加山さん自身は、「シアワセダナア」の一つせりふ以外のことばは忘れてしまったほどの、言うことなしの幸福な日常のなかにいるのかもしれません。腹のたるみをいくらか気にしながら、横向きに「ノンデマスカ」とニコニコする三船敏郎さん同様、だんだん年をくってくる（なにしろデビューからもう七年たちますからね）のが玉にキズですが、そのたった一つの不幸さえのぞけば、若大将はじっさいに幸福の化身なのでしょう。

スキーは国体の神奈川県代表でしたし、スキンダイビングは四分三秒もぐっていられま

す し、お手製の光進丸は颯爽と波を蹴たてますし、ランチャーズのエレキはブームにのってますし、弾厚作を名のる自作自慢のレコードもベストセラーになりますし、まったく言ウコトナシ。

加山雄三さんは、レオナルド・ダビンチとかアルベルティとかマキャベッリとか、ルネッサンス時代のヒーローがそうであったように、現代の〝万能人〟なのです！　そして現代がもはや生き甲斐も仕事仕甲斐もない、今晩オヒマ？　のレジャー至上時代である以上、彼は、スキー、水上スキー、水泳、ダイビング、モーターボート、飛行機、卓球、ボクシング、映画であれ、フォーク・ソングであれ、なんでもござれの万能人なのです。つまり、スターなのです。

〈青春残酷物語〉が安保闘争期のイメージだったとすれば、ボカアシアワセの〈大学の若大将〉は安保以後の現代のイメージなのです。

彼ら、彼女ら、カッコよい人気スターは、テレビ白痴とか電化バカとか呼ばれている今日の三マイ主義者たちの幸福実感と欠乏実感の奇妙な交錯の裂け目を縫って、お茶の間に顔を見せます。そして白い歯をのぞかせながら、人びとに魔法をかけるように語りかけます。あなたは今幸福ですか、と。バラを一輪買いませんか、と。

日本国憲法によれば、天皇が憧れの象徴なわけですが、人びとの今日の幸福価値感からすれば、レジャー生活の王者であるダンディーなスターこそ、人びとの〝最高の憧れの象徴〟であるのにちがいありません。

正田美智子さんやおスタちゃんが美空ひばりさんや松島トモ子さんとだぶって、皇太子がユージローや中村錦ちゃんとまぜこぜになって、ブームをよびおこしているさまを見るならば、今日の福祉国家においては、天皇制さえも、新しい中間層の幸福価値感にもとづいたスター天皇制として模様がえしていることが、よく分るでしょう。

鶴見俊輔さんの説によると、戦前の代表的美女であった入江たか子さんが戦後通用しなくなったのは、東坊城子爵令嬢という貴族身分がちっともありがたくなくなったこと、静止的な美しさではなくテレビ向きの活動的なパーソナリティが喜ばれるようになったこと、〝裸の力〟が要求されるようになったことによるのだそうです。

そこで戦後の入江たか子さんは、化け猫映画にもっぱら出演して、〝生き残った者のうらみの象徴〟になっている、というわけです。

うらみの象徴とあこがれの象徴、この象徴の転換は、戦後史の上でも一九五一年の美空ひばりブームのあたりからはっきりしてきました。

ブームとは、蜂がブンブンということ、空き樽がボンボンいうことですが、戦後のブームのはしりであるこの五一年は、申すまでもなく、朝鮮戦争を契機に日本経済が高度成長に入った年です。

このブームは、〝カカア電化〟などといわれる今日のマイ・ホームを創りだす端緒になったわけですが、電化ブームによって史上最高にもうけた松下幸之助老人式に言いあらわせば、ＰＨＰ――〝繁栄〟に通ずる〝平和〟と〝幸福〟にほかなりません。戦前の〈人の道〉教団が、戦後〈ＰＬ〉教団になったようなものですが、この転換ブームによって一番繁栄したのが松下電器であることは申すまでもありません。

ところで五一年の「ひばりブーム」が、炭坑節ブームや軍艦マーチブームといっしょにはじまっていることを見ると、おなじＰＨＰにしても、今日のカラッとした〝シアワセダナア〟とはちょっとちがったしめっぽい趣があることが分ります。

歌舞伎座をいっぱいにして「美空ひばりの会」を開いた中学二年生の少女のその年のヒット曲は、『リンゴ追分』でした。リンゴの花びらが風に散ったヨナ……というあの古い古い馬子唄旋律の追分です。それを、団伊玖磨と山田耕筰をあわせて一つにした弾厚作こと加山雄三さんの作曲『君といつまでも』と、ちょっと比べてみてください。いや、比べて歌ってみてください。そのちがいは、一目瞭然、いや、一耳瞭然です。

『君といつまでも』は『リンゴ追分』と同様「哀愁をこめて」の日本人好みではありますが、『君といつまでも』の三連音符リズムは、美空ひばりさんからはぜったいに聞くことのできないリズムです。

音楽大学の徳丸吉彦先生の説によれば、近代西洋音楽の調性感、カデンツ感は、今日、〝ポリック〟のコマーシャル・ソングなどにもみごとに出はじめているそうです。「水虫デタゾ、水虫デタゾ、カユイゾ、イッヒッヒ……」。笑ってはいけません。〝近代化〟とはこういうことにほかなりません。

エレキの若大将のフォーク・ソングは、美空ひばりさんや三波春夫さんの浪曲ソングや代議士ソングなどの民謡とまるきりちがった味を持っています。やれピアノ、やれバイオリンという教育ママのもとに育てられ純粋戦後ッ子は、自分たちのカッコいいダンディーな新しいスターを、耳の面でも作りだしたのです。

こうした新しいスターの誕生は、古い因襲にしばられた歌舞伎界でも見られます。市川染五郎さんが加山雄三さんに負けない歌手でもあることは、『心をつなぐ六ペンス』や『野バラ咲く道』でお聞きの通りですが、彼が「八頭身歌舞伎論」などをとなえるのは、私に言わせるならば、戦後の高校生が学校の古い椅子や電車の古い腰掛に坐ると、きゅうくつできゅうくつでしょうがない、というのとまったく同じことなのです。

古い歌舞伎の世界は、なによりもかによりも、彼の脚にとってきゅうくつで仕方ないのにちがいありません。ちょうど石原裕次郎さんとおなじで八十一センチメートルある市川染五郎さんの脚では、馬の脚をつとめることもおぼつかないにちがいありません。

彼の舞台に接すると、途方にくれた旧劇評家が「スタイルがよすぎて難がある」などと苦しい劇評を書いたりするゆえんです。ダンディズムの変遷をとってみても、たしかにもはや「戦後ではない」のです。

いとも平和な時代における新しいヒーローとしての〝スター〟の登場は、戦後史をもう一度ふりかえってみるならば、一九五五年の『太陽の季節』ブームにはじまっていた、と言わなければなりません。

この年は、有名な砂川闘争の年ですが、基地拡張反対運動で輝かしい勝利をおさめた全学連の学生たちは、同時に、石原慎太郎さんの『太陽の季節』の愛読者だったと言われています。かれらは、障子に一物を突き立てる勢いで、機動隊に立ち向かっていったのかもしれません。

『太陽の季節』が第三十四回芥川賞を獲得した時、故佐藤春夫老が「不良少年的文学を排す」と書き、故亀井勝一郎老が「賭博的作品」と書いてけなしつけたことは、今からふりかえってみてもおもしろいことです。

「作家三分、ヨット七分」と自称する石原慎太郎さんの登場は、ひとつの文学的事件であり、さらに言えばひとつのスキャンダラスな風俗的事件だったのです。カケッコも鉄棒も自転車乗りもできそうにない文壇人が、それこそブンブンとスポーツカーやヨットをすっとばす新人作家に違和感を感じたのは、無理もありません。

一刀三拝、私の真実、世界は身辺にあり、酒と女で人生修業、などという文壇神話は、障子紙同様、痛快なまでにあっけなく破れ去ってしまったわけです。平林たい子さんの愚痴をきいてみましょう。

「石原慎太郎という青年作家がスポーツ選手と品行方正な優等生を兼ねながら作家として登場したのは、おどろきでなくてはならぬ。……小説はその職業のために人格内容まで変革するほどの年期を入れなくてもよいということが明らかになった」

口やかましい大姑や小姑たちの文壇批評を蹴とばしてしまったのは、日活創業いらいといわれる空前の売り上げ（？）をかせぎまくった映画『太陽の季節』の成功です。

この映画では、弟のユージローが端役で初出演して主役たちを食ってしまいました。戦後は終り、「そんでよオ」「いかすじゃねえノ」「シビれちゃってヨ」「バッカじゃなかろうか」等々、ブンブンとやかましい騒音の若もの文化の時代がやってきたのです。そして、「大衆消費の強制」に躍起の高度成長資本は、「不良少年の賭博」が金もうけの種になることを発見したのです。

つまり、購買力としての若い純粋戦後世代を発見したのでした。風俗は市場問題となり、産業デザイン問題になりました。

たしかに、平林たい子さんがおっしゃるように、新しいスター稼業には、人格内容まで変革するほどの〝年期〟は入用ありません。技術革新が進めば、年期の入った腕におぼえの旧熟練工がたちまち高卒の新米工に追いぬかれてしまうようなもので、第一、年期なんかかけていたのでは、かんじんな売物の〝若さ〟と〝美貌〟にとうがたってしまいます。

だが、「売物」と書いたように、石原慎太郎さんのようなタイプの文学者は、戦前の文壇人があまり味わい知らなかった苦労として、そのパーソナリティ、つまり「人格内容」をまでも売って生きているのです。

戦後の『君の名は』ブームが、真知子巻きを流行させたとすれば、五十万部を売りつくした『太陽の季節』ブームは、慎太郎刈りというスポーツ刈りを流行させましたが、ここでちょっと注意していただきたいのは、『君の名は』がどんなにお風呂屋さんを放送時間中カラにするようなブームになろうとも、菊田一夫先生にあこがれるミーハーはなかったのに、太陽族ブームでは作者の石原慎太郎さん自身があこがれの象徴、模倣の対象になっていることです。

この時、慎チャンは、ほとんど真知子とおなじような架空の虚像に、自ら化身しなければなりません。ヨットレースに命をかけ、アラスカまで出かけて熊に出合い、日生劇場の重役となり、プレイボーイの哲学を論じ、映画の脚本書きから出演から監督までやり、ヌードショーの演出までやることが、彼の芸術的作業の一環になってしまっているゆえんです。

さまざまな芸当をやらなければならないこの「文壇の稀れ人」は、戦前の文壇人とはまったく逆の因縁から、やはりおなじように芸術＝人生という倒錯者になってしまったのです。

そして、彼ら「行動的ナルシスト」は、万人の鏡として、雨が降ろうが風が吹こうが、「ボカア、シアワセダナア」と笑ってみせ、「行為と死」などと叫びながら、いつでも一物をひっさげて死ぬまで突撃しつづけなければならないのです。ファンがそれを要求するかぎり。資本がそれを要求するかぎり。

いま、このダンディズムの悲劇を、全身で力闘しているのは、おそらく三島由紀夫さんでしょう。

まったくの話、「美の特質は見られることにある」という美学の持主である彼は、この見られることの劇を、ことばを換えて言えば、テレビ時代・グラフィック時代のスターとしての劇を、ボディビル（十二年）できたえ、剣道（四段）できたえた全身をもって、力闘しているのです。

いかにきたえにきたえたとはいえ、三島さんの生ま身のからだは、孔子のライフ・サイクルで言えば「四十にして惑わず」というあの不惑の年を、とうに超えているのです。しかし、古い文壇人がなんと言おうと、眉をしかめようと、平和な時代の若者のスターとしての彼は、惑いに惑い、力戦奮闘しないわけにはゆかないのです。

自ら述懐するように、彼の美学からいってばかりでなく、今の時世そのものが「腹が突き出るくらいなら死んだ方がまし」なのですから、三島由紀夫さんはボディビルをやめるわけには絶対にゆかないのです。

「レバーがくっついているみたい」と女の子にクスクス笑われても、男の威厳としての胸の筋肉をひれきしないわけにはゆきません。「六尺フンドシにしてほしかったわね」とひやかされようと、越中フンドシ姿で女性週刊誌に登場しないわけにはゆきません。「豚のおなかを代用品にしたんじゃないか」とかんぐられようと、軍服の腹をひろげて割腹自殺の真似をしてみせないわけにはゆきません。

天皇とどうよう、憧れの象徴というのはツライものなのでして、そうそう勝手に年とってしまうわけにはゆかないのです。

三島由紀夫さんは、たしかに、ピンクのバラ色ムードのなかで〈薔薇刑〉に処せられた犠牲者としてのオブジェなのであり、贋物の行動者としての俳優であるのかもしれません。「みんな欠伸をしていた。これからどこへ行こう」。これは、戦後の終焉をみごとに描いた彼の『鏡子の家』の冒頭のせりふです。彼はどこへ行けたでしょうか？　彼はむざんにも、平和の時代のなかで空しく年とり、腹が突き出てくるだけではありませんか。

彼が近頃、「軍人勅諭を読め」とか「ナチスの軍服は男の美学だった」とかむやみに時代錯誤的なことばかり口走るのも、私に言わせるならば、あながちアタマがモロくなったせいだけではないのであって、軍人勅諭とナチスの時代、つまり戦争の時代には自分は若かった、ということにほかならないのです。たしかに、『花ざかりの森』では彼もティーン・エージであったのです。

〈オール日本ミスターダンディーはだれか?〉(『平凡パンチ』創刊三周年記念読者投票)というので、〆切をひかえた今、第一位の三島由紀夫さんと第二位の三船敏郎さんがデッドヒートを演じています。

「今日のプレイボーイの要件は〝革命心〟と〝愛国心〟にある」という二マタかけたプレイボーイ哲学を語っているのは、石原慎太郎さんですが、石原さんよりも一まわり若くない愛国者三島由紀夫さんの一辺倒的奮闘ぶりは、まことに壮絶なものがあります。丸山明宏チャリティ・リサイタルにおける「造花に殺された船乗りの歌」は、お世辞にもうまいとはいえませんし、「出撃、出撃、出撃、海暗く、夜暗し」というようなポエムジカ『天と海』(浅野晃詩集・英霊に捧げる七十二章)のレコードも、加山雄三さんの『君といつまでも』ほどに売れそうにもありません。

しかし、彼は時運日々に非な老スターとして、大の男が朝のなわとびが人生の最高の幸福だというような平和な時代の〝ボカアいま一番シアワセナンダ〟に歯がみしつつ、斉藤別当実盛よろしく今や最後の奮戦中なのです。

製作・原作・脚色・監督・主演すべて三島由紀夫御一人というナルシシズム映画『憂国』は、かつて永田ラッパによって「西にコクトー東に三島」と吹かれながら大失敗に終ってしまった映画『からっ風野郎』の見果てぬ夢を追ったものである、と私は思います。『からっ風野郎』が失敗作だったのは、あっさり言ってしまえば、要するに、ざんねんながら彼の肉体と声帯がダメだったからです。それは私たち一般の見物客にとっては、『日蝕の夏』に出演した石原慎ちゃんほどにもカッコよくなかったのです。

三島さん自身は「自信のあるのは胸毛」とおっしゃいますが、世間の相場では、胸毛のよかったのは、朝潮と、それに今日の好敵手三船敏郎さんにきまっています。

ダンディーかどうかはともかくとして、男くさい魅力を体臭としてふんだんに発散している三船敏郎さんは、おもしろいことに、野球にもレスリングにもボディビルにもとんと興味も縁もなく、「ボディビルの肉は人工肉で、自然なのとはちがうから一眼で分る」と軽く一蹴しています。ニセモノ人工づくりの苦心さんたんぶりに同情のない「レバー説」なのです。

だが、四年前に同じ週刊誌が行なった〈日本男性のナンバーワン読者投票〉では、四十位にランクされていたにすぎなかった三島さんにしても、その時よりもさらに自然条件の悪くなった今日での首位争いなのですから、見栄も外聞もかまっちゃいられないではありませんか？

ことし〝三島ブーム〟が起きているのは、言うまでもなく、彼がノーベル賞候補にあげられているからでしょう。今日の大衆にとっては、芸術とはそのような世界的トピックの形をとって、はじめて自分たちの問題になるのです。

谷崎潤一郎の死によって、三島由紀夫文学は、川端康成文学とともに、わが国における世界賞最大のホープとして独走体勢に入りました。古橋、湯川、大松、朝永につづいて、国威を海外にとどろかすのは、ナショナリスト三島であるかもしれません。

だが、オール日本ミスターダンディーの首位にある三島由紀夫さんは、谷崎潤一郎ほどにも幸福ではないのかもしれません。明敏この上ない彼はかつて「谷崎潤一郎について」書いたことがあります。

〈老いが同時に作家的主題の衰滅を意味する作家はいたましい。肉体的な老いが、彼の思想と感性のすべてに逆らうような作家はいたましい。（私は自分のことを考えるとゾッとする）。ヘミングウェイも佐藤春夫氏も、そのような悲劇的な作家であったし、私のことはともかく、林房雄氏も、石原慎太郎氏も、その予感の裡に生きているにちがいない。

面白いことには、この系統のすべての作家に、ファリック・ナルシシズムがひそんでいるのである。〉

# タテの会とヨコの糸

『激流』71年1月号

カッコいい、ということがある。

戦後の美学の産物ですね。

恰好（かっこう）いいではない。せわしげに、インスタントに、つまって、カッコいい。

促音的。

カッコは、促音的「恰好」なのですから、見てくれの美学ですね。外見、内側のココロの奥底の方を測る、というぐあいにはゆかないから、測るとすれば、ミニ、ミディ、マキシ……といったぐあいになる。視覚的。グラフィック。

こういう美学は、戦後の大衆文化の媒体（メディア）であるマス・コミュニケーションの一形態であるテレビや、映画や、マンガや、ブロマイド（日本語なまりで、プロマイドなどともいう）をぬきにしては、ありえないにちがいありません。

〝一〇〇万雑誌〟を自称する〈平凡パンチ〉。

二〇代の男性雑誌である〈平凡パンチ〉。

THE MAGAZINE FOR MEN パンチ野郎の〝見る雑誌〟＝〈平凡パンチ〉。こういう〈平凡パンチ〉が、なによりもまず〝カッコいい〟ことは、いうまでもないところでしょう。

促音的で、視覚的で、カッコいい週刊誌。そのスターは、読者投票によるならば、たとえば、加山雄三に三島由紀夫だ。

〈平凡パンチ〉の創刊号は、一九六四年五月一一日号ですが、〝パンチ・クイズで自動車を当てよう!〟という、見栄も外聞もはばからないカッコいいキャッチ・フレーズがれいれいしく刷りこまれているマイ・カー付の表紙をめくりますと、〈目次〉なんかよりも先に〝顔〟が出てきます。

グラフィックなスターのブロマイドあるいはプロマイド。それが三分の二に断ち落してあり、欠落した三分一のところから、〈特集 —— 鈴鹿グランプリ・レース〉の見出し

—— 二五歳の式場選手がレーサーの生命をかける —— ポルシェ九〇四をめぐるナゾ

—— というのがそれこそ顔をのぞかせています。〈目次〉は、そのあと、七ページ目にやっと出てくるんですね。

「二五歳の……」という年齢つきのところが、いかにもパンチ野郎らしいのですが、それはそれとしても、第一ページの〝顔〟。三船敏郎。そして、アン・マーグレット。百聞は一見にしかない、といいますが、一見しただけで、日本的にして、国際的なんですね。

キャプションにいわく ——

三船敏郎……世界のクロサワ・ミフネが〝赤ひげ〟にとり組みはじめて一年が過ぎた　自前のひげに　染色　脱色をくりかえして　ようやく本当の赤ひげにしたという　また医者としての乱闘場面には　二〇秒間に用心棒一〇人の関節を折るという珍しい技斗がおりこまれている〝人の骨を折るのも　なかなか骨が折れる〟ウィットに富む　髭の三船だった

　戦後は折目がなくなったなどともよくいわれますが、このパンチ野郎には句読点もない。「ひげ」と「髭」、「闘」と「斗」などと、注意ぶかく書き分けられている点にも、注目を。ナアニ実のところは学力低下の若者がいいかげんに書きつづっているだけのことなのかもしれませんが。それにしても、開巻劈頭　――　念のため、岩波国語辞典を引用しておきますと〔劈頭〕まっさき。▽「劈」は裂ける。「頭」は初め。裂けぐちの意で、そもそもの初めをさすようになった　――、赤ひげむじゃらの髭の三船の、カッコ悪いようでバッグンにカッコいい〝顔〟が、ページ一杯に、いかにも赤茶けたカラー写真でのっかっています。

　これが、そもそもの初め、裂けぐち。

　アン・マーグレット……このところ人気上昇のアン・マーグレットにプレスリーが熱くなっていると　もっぱらの噂　どうやら恋の本命になりそうだ　プレスリーにマークされたのが原因ではないのだろうが　アンは　一万五千ドルの出演料が二五万ドルと超アップ

たのもしい女優へと成長している。

最近は、ホモ・セクシュアリティ（促音的には「ホモ」、日本訳？ は「オカマ」――どちらも岩波国語辞典には収録されておりません――念のため）もだいぶ流行してきているようですが――最近、ブラック・パンサーの指導者ボビー・シールがホモ解放戦線との統一戦線をよびかけている熱っぽいアッピールを読みました。オカマ掘りのジャン・ジュネはブラック・パンサー救援運動の先頭に立っています――、それにしても、赤ひげの男性ミフネの顔だけでは、パンチ野郎にはあきたらないにきまっています。男の子の雑誌には女の子のことが書いてあるものなのですし、女の子の雑誌には男の子のことが書いてあるものなのです。そこで、アン・マーグレット。

男のなかの男＝クロサワ・ミフネに同化したパンチ野郎は、ここで、現代の吟遊詩人ともいうべきやさ男＝エルヴィス・プレスリーになり変って、アン・マーグレットに接するという次第。プレスリーを〝恋のKO〟のマーグレちゃんは、まだここでは脱いでいない。いいや、ブロンドの髪をなびかせたカラー写真の〝顔〟だけの大写しなので、その時、かの時、彼女の時の時、マーグレちゃんがはたして脱いじゃってるかどうかはわからない。以後、〈平凡パンチ〉のカバーガール、ピンナップガールは、〝顔〟だけではなく、生れたままの全姿全容をもって、パンチ野郎の前に立ち現われます。

最新号の例をとれば、《ニューヨーク》アート・センターの女子大生――KATHERINE、キャサリンちゃんは、大学へは勉強といっしょに、脱ぎに来ているもののようです。……南カリフォルニアのヒッピーの発祥地、ベニスの海岸をやわらかな太陽を背に歩いていたキャサリン。ニューヨークのアート・センターに学ぶイラストレーター志願の女子大生だった。ヒッチハイクをしながら光を求めてカリフォルニアへやってきたといった。LSDもマリファナもOK、でもメルヘンの世界が欲しいと遠くに目をやった……。

なにやら、やわらかで、光を求めて的・遠くに目をやる的で、お上品で、メルヘン的ですが、アン・マーグレットの裂けぐちのところのキャプションで、すでに、一万五千ドル、二五万ドルと、ちゃんと数字解説入りであることに、御注意。彼女が「たのもしい」のはなによりも二五万ドルに超アップの出演料にあるのです。パンチ野郎のカッコいい夢は、騒音ホーンや公害バロメーターや自動車料金メーターと同じことで、いつも、金銭登録器なみにカチャカチャ、カチャカチャと音をさせながら、計算高い数字で出てくるのです。

いまここに、最近号の〈パンチ・ライブラリー〉の一ページがあります。〈FOR・ザ・新右翼――天皇制は最後の橋頭堡か?――『尚武のこころ』三島由紀夫対談集(日本教

文社）〉

――三島由紀夫と対談すると、たいていの人物が、キリキリ舞いさせられるが、逆に三島をキリキリ舞いさせたスゴイヤツが、いいだ・ももだ。その対談は『文化防衛論』に収録されているが、それに関して石原慎太郎が「いいだ・ももを切ればよかった」というと、三島は「刀のけがれになるよ、あんなの切ったら」といい、「あの人は口から先に生まれたんだ。（中略）生まれてオギャーという前に共産党宣言か何か叫んだんじゃないか」と、いいだ・ももを評している――。

とにかく、むやみとカッコよくなっちゃうんですよ、〈平凡パンチ〉にかかると、話が。これでゆくと、日本一カッコいい男性＝一一・二五の割腹武士＝三島由紀夫をキリキリ舞いさせたスゴイ・ガイがなにを隠そうこの小生だ、ということになります。お釈迦さまは生れ落ちると指を立てて、「天上天下唯我独尊」とのたもうたそうですが、いいだ・ももも「万国のプロレタリア団結せよ」と叫んだことになる。カッコいい。よすぎる。

この場合は、たまたま私自身がカンケイしているから、真相はよく分っています。

〈パンチ・ライブラリー〉の紹介には、ごていねいに種村国夫イラスト入りで、真剣を抜きかけている三島剣士のマンガがのっていますが、なにを隠そう、銀座の小料理屋の二階でやったその対談で、ギラリと三島剣士が抜けば玉散る氷の刃をひっこぬいた時には――ほんとうに三度居合い抜きをやったんですからね、四畳半の狭い部屋のなかで――、対談相手の私は、腰が抜けてしまって、生きた心地もなく対談どころじゃなかった。あいにく腰が抜けてしまっているから――ああ、こういうのを尚武のこころを失った腰抜武士というのだなあ――階段を転げ落ちて逃げるというわけにもゆかない。絶体絶命ですよ。そこでいたし方なく、決死の一問一答をつづけていたわけですが、真相はこの通りまったくカッコわるい。七〇年決闘のおソマツ。祈冥福。

せっかくカッコいい記事でいいだ・ももに花を持たせてくれた〈パンチ・ライブラリー〉の筆者木本至さんには、申しわけないが、真相はそんなわけなんですね。そして、なおいけないことは、このカッコいい紹介で、売れたのは『文化防衛論』だということなんだナ。同じ三島由紀夫・いいだ・ももキリキリ舞い対談は――ここでちょっとコマーシャル――いいだ・もも政治対談集『七〇年への起動』にもちゃんと全文収録されているんですがねエ。自決したその日に三島の本の方だけ売切れだ。

キリキリ舞いさせたスゴイやつの本が売れなくて、キリキリ舞いさせられたはずの新右翼の本ばかりが売れるというのは、どうもすこし割りの合わない話だと思うのだけれど、むやみにカッコいい〈平凡パンチ〉の触角では、生命の尊重以上をねらった生首ゴロンの〈檄〉の劇が予感できない。

〈平凡パンチ〉の戦後的ユニークさは、タテのものをヨコにしたところにある、といわれます。平凡出版の岩堀善之助社長の言葉をそのまま引けば、「社会の道徳というのは織物みたいなものだと私は思っている。講談社が永い間やってきた忠孝一本の思想は、あれはタテの糸です。……これに対して私は戦後は横のモラルを確立せねばいかんと考えた」(『日本評論』五〇年七月号)ということになる。「人生を楽しむことだ」「生活を楽しいものにする」ということになる。ここに〈週刊平凡〉から〈平凡パンチ〉にいたる平凡文化の特色があります。

カンタンにいえば、平凡文化というのは、若者を楽しませてもうけているわけです。百万人の読者とともに。

私は、エマヌエル・カントの『判断力批判』を批判した深遠かつ高遠な哲学論文を書いて、現代大衆社会における平凡人の通俗モラルの形成基準は〝流行風俗〟にある、と喝破したことがあるのですが、岩堀式〝横のモラル〟の基準は、3M、にあります。すなわちmen's mode ― my car ― maiden（念のため研究社簡易英英辞典の訳をつけておきますとa young woman not yet married）

そんなこんな〝巨人・大鵬・ハンバーグ〟的事情で、最近号を開けば、すぐの裏表紙に〈この冬、豪快なドラマが待っている〉というハードミニスバルR-2SSの広告――この箇所、富士重工よりコマーシャル料はいただいておりません――がのっており、そのまたすぐの折込みページに、まるで広告のようなJENSEN INTERCEPTORのクルマの写真がのっている、といったことになります。広告ページとも本文ともつかない、PUNCH MEN'S MODE――spirit of skiという〈☆より速く（機能）☆より華麗に（美）これがスキーウエアの絶対必要条件だ！〉なるグラフィック記事に、お目にかかることになります。

いまどきは、こういう絶対必要条件をみたさないことには、カッコわるくてスキーもできないわけで、こうして、資本は、青年労働者を工場や事務所でシボリとっているだけでなく、そこから解放された若者の自由なレジャーそのものを通じてもトコトンまでシボリとっているわけなのですね。

いまどきは昔とちがって童貞の大学生がゴマンといるという、健全にも薄気味悪い、早熟的に発育不全な時代なので、イマダ結婚シテオラザル若キ婦人＝maiden=madchen メッチェンのことだって、〈平凡パンチ〉のお世話になるほかありません。

昔なら、ヨバイをしたり、若衆宿でゴロ寝をしたり、赤線地帯に侵入したりすれば、諸先輩・諸友人・諸娼婦のタテの糸の御指導御鞭撻よろしきを得て、皮をむくところからイン・ハラ・ベービーにならない注意まで、たんねんにタテのモラルを形成できたわけですが、いまどきはなにしろ横のモラルの時世なので、そういう未開ヤバンなやり方はできない。

アートセンターのキャサリンちゃんのヌードから〈闇の中の裸体 —— 扇ひろ子〉、〈純真女学生百叩きの場〉、〈女子大生のパンティいろいろあるでよ〉、〈渥美マリのダッチ・ワイフ〉、〈シャボンの中でヤリヤリヤリ〉といったヨコの糸のお世話にならなければならない。ヤレヤレ。

イマダ結婚セザル若キ婦人には処女膜が絶対必要条件だからと、もっぱらウシロの方で用を足している女の子の話とか、ブタの皮で処女膜を再生・三生している女の子の話とかまことにアナおそろしい話を読んで、パンチ野郎大いに横のモラルを確立・高揚しなければなりません。

「歌ってマルクス、踊ってレーニン」で有名な民青のモラルは、「楽しく遊んで、でも、処女膜は結婚までだいじにしましょう」ということだ、という評論を読んだことがありますが、こういう民青のモラルまで、岩堀式〝横のモラル〟は、すっぽり包みこんでしまっているのかもしれません。〈タテの会〉が決起したくなる気持ちも分からぬでもありません。

ところで、平凡文化が戦後の百万人雑誌を擁して対抗している敵手の講談社文化の「タテの糸」なるものも、実は〝面白くて為になる〟というモットーに基いていたものでした。

その辺の事情は、江藤文夫さんの名著『見る雑誌する雑誌――平凡文化の発見性と創造性』に、ヴィヴィッドに展開されているところですが、戦前の講談社野間清治社長は、〝この面白くて為になる〟を、〝色と欲〟というふうにも申したそうです。

野間式の〝タテのモラル〟によれば、〝色〟とは森羅万象、千変万化であり、人間を喜ばしてつい思わず引っ張り込んでしまう面白いものであり、〝欲〟とは向上欲、知識欲、希望、理想であり、趣味と実益を兼ねて為になるものにほかなりませんでした。

こうして見てまいりますと、私には、ヨコのモラルも、タテのモラルも、たいしてちがいないものに思われてくるのです。戦後二五年経ったいまは、たとえば、赤フンドシがカッ

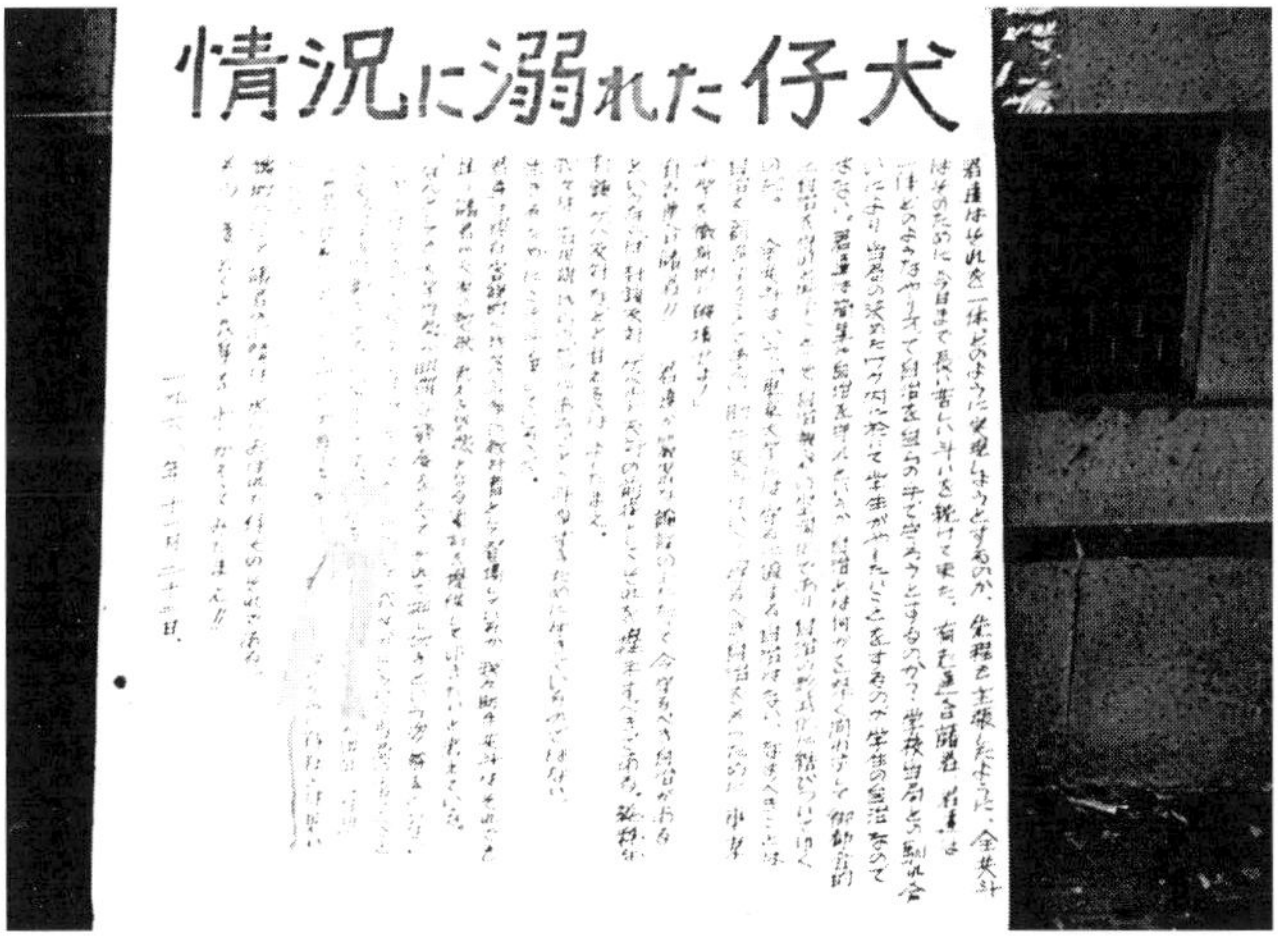


「歌ってマルクス、踊ってレーニン」で有名な民青のモラルは、「楽しく遊んで、でも、処女膜は結婚までだいじにしましょう」ということだ、という評論を読んだことがありますが、こういう民青のモラルまで、岩堀式〝横のモラル〟は、すっぽり包みこんでしまっているのかもしれません。〈タテの会〉が決起したくなる気持も分からぬでもありません。

コいい時代なのです。尚武のこころがカッコいい時代なのです。

百姓一揆やベトナム農民低抗の竹槍ではなくて、三島由紀夫の刀や大籔春彦のガンや石原慎太郎の核ミサイルがカッコいい時代なのです。はたして、岩堀式平凡文化が、新右翼の〈タテの会〉に対抗して、カッコわるく〈ヨコの会〉を組織できるかどうか？

# 政治行為の象徴性について

〈対談＝三島由紀夫◎いいだ　もも〉

## 核兵器と国家の正義

**いいだ**　ぼくは三島さんと同級生なんですよ、悪名高い東京帝国大学法学部で。

**三島**　それで顔知らないね、お互いに。大ぜいだからバラバラになっちゃったんだね。

**司会**　きょうは、ご自由に話していただきたいと思うんです。ただ、お二人の話になると、どうしても政治と文学ということになってくると思います。

最近、三島さんは、秋山駿さんとの対談の中で、政治行為は非常に象徴的な行為になってきているとおっしゃっています。一番はいりやすい話としては、三派の問題にからめて、政治行為というものが、だんだん象徴的な行為として考えられるというふうに三島さんがおっしゃった、その点あたりからどうですか。

**三島**　それはね、いいださんを前にしてだけれども、ぼくは一つの理論を持っているんだ。長くなるんだけれども、その理論をいって、批判してもらえばいい。

ぼくは、こういうふうに考えている。いまの学生運動は各国いろいろあって、いろいろ方向が違うでしょう。これを統一する考え方というのは何だろうと思って、いろいろ考えてみたんですけどね、どうも根本は核兵器じゃないか。

十九世紀の国家権力というのは、国家権力自体が正義だっていう前提があったんですけれども、核兵器を持ってからの国家権力は、やましくなり、ギルティなものをどこかに持つようになった。

そこで、力がギルティだという考えがみんなにしみ込み、そんな力は使えなくなった。世界の状況はそういう力のバランス上に、現在のっている。

そうすると、核兵器にはいろんな欠点がでてくる、一つは国内で使えないということ。これは核兵器の最大欠点だと思うんです。しかも、国際的には、ますます使ったらえらいことになるから、使えない。

一方、この核兵器というものに支えられた、やましい力に、何をもって対抗するかという考えが出てきます。核兵器よりもっと強い兵器ができてくりゃあ、その国は世界中から恐れられるんですけれども、まだ出てきませんね。ですから核兵器より弱いもので対抗しなければならない。

どうやって対抗するかといいますと、一つは世論ですね。もう一つは、ぼくは人民戦争理論だろうと思います。

人民戦争理論は、国内でも戦える、よその国にはいっていっても浸透して戦える。世論というものは、戦後国際的になっていろんな国がベトナム戦争反対で、連鎖反応しつつある。この二つの武器が、いろんな形で弱いものの立場で使われている。

学生のことを弱いというと、あんな暴力がどうして弱いんだといいますけれども、弱者として戦っているんだと思うんです。

いったい何が正義なのかという問題になりますと、核兵器から遠いものほど正義になっているんですな。力が弱ければ正義量が増すんですから、男より女のほうが正義なんだ。女は男より弱いですからね。子供は女より弱いですから、子供は女より正義量が高いんですね。そうすると、世論を支配するものは、いつも正義量の高いものだから、女子供の理論で支配される。

女子供の理論は、「これはいやだ」、「もっとほしい」、「ドレスがもっとほしい」、おもちゃ一つやったら、「もっとほしい」。現状はみんな不満なんです。女であることはいやだ、子供であることはいやだ、現状を全部変えたいとなる。

学生運動を簡単にいうと、内面的には女子供のロジックにすぎず、目標がなくてもかまわない。現状変革すればいいんだ。

そして、弱者の中で一番使い道があるのが学生だ。無階級で、親のスネかじりで、弱者の意見の代表として行動できる。

しかも武器を持つとすれば、毛沢東の理論で、コン棒でも心張り棒でも、何でも持ち出して戦えばいい。

つまり学生運動は、表側の行為は、人民戦争理論にのっとった行動、中側の思想は、世論というものと離れることができない、というふうに考えるんですね。どっちもやっぱり弱者が強者をひっくり返す。そして、力的なものに対して、力のないものがひっくり返すという思想だと思うんです。

日本は、核兵器を持っていないのに、どうしてこんなにやれるのか。安保条約というものがあって、核のカサの中にはいっておる。ですから、これはどうしたって核に頼っている力に対して戦わなくちゃならないということになりますね。

概論はこんなところで、非常に文学的な議論だけれどもね。

**いいだ**　選び取り方としてはそういう選び取り方がたしかに日本にはあると思う。しかしわたしの選び取り方、感じ取り方としては、パワーレスのほうにつきたいわけですね。

ただし、私のそういう選び取り方、感じ取り方というものが、現代認識の正確さというものを保証しているかどうかは、わたしにとってみても、ぜんぜん別問題ですがね。

いま三島さんがいわれた問題のもう一

つの側面ですけど、パワーレスのロジックは、女子供のロジックというふうにいわれたけれども、象徴的にいえば、アメリカの女というようなものを考えてみると、ネズミが出てきただけでも失神しちゃう、まさに失神派の小説にふさわしいが、核兵器のような力を持っているだけに、非常にコミックなことだと私は思うんです。

もう一つは、核兵器を持っていながら、三島さんがおっしゃったように、それを使えないという状況で、一種の自己禁欲、自己抑制を余儀なくされておりますね。それで、非常にヒステリー女のような現象が起きると思いますね。

一種のリビドーの潜在的な増量が起きて、そこからいろんなファナティックな行動が起きざるを得ない。支配者のロジックとして。

**三島**　支配者のフラストレーションが、使えないということから、非常に強まっているね。その緊張感が反映してくることは十分あるね。

**いいだ**　だから、抵抗者の側が女の論理になっているだけじゃなくて、支配者のほうもヒステリックになっている。

**三島**　世界全部、女の論理になっちゃったね。困ったもんだね、こりゃあ。（笑）

力が正当に行使されるという点では、ベトコンみたいな人民戦争的な戦い方はある意味では力が正当に行使されていると思う。たとえば、ことしの一月ベトコンがアメリカ大使館斬り込みをやったのなんか。だが、力がやけにきたなく行使されている点もあると思う。弱いものであるがゆえに、弱さがきたなさを正当化することもあるんだ。きたない試合やるボクサーは非常に弱いんだけれども、きたないことによって勝つことがよくある。

人間は、強くてきたないということは許せないんだよ、だいたいね。だから、どっちに向かって批難が激しくなるか。力のあるやつが道徳的に責められるのは、革命の道義性との問題でいつも均衡がとれてなきゃならん。

民衆について言えば、ほんとうに力を持ち、力を持つことによって正義感と道徳感を持ち、それによって正々堂々と革命がやれるような状況がなくなっちゃったんだ。どっちもきたないんだ、弱いほうも。

**いいだ**　ぼくはパワーレスの立場のほうを、さっきいったように選んでおりますから、パワーレスが逆転勝ちするためには、いろいろ薄ぎたないこともいいんだし、トリックにかけることもいいと思う。おおまかにいっちゃえば、いろんなことをやることが全部肯定されちゃうとぼくは思うんですけどね。

**三島**　ぼくもそう思うんだね。

**いいだ**　それは、おっしゃるとおり女の正義なのかもしれないし、ある意味では女の美なのかもしれない。だがたとえばパワーレスなものが石を投げるということについて、西ドイツのルディ・ドゥチュケなどは、石がパワーであり武器になっているという幻想はぜんぜん持っていない。スチューデント・パワーの指導者は、石がパワーであると思っていない。ドゥチュケの言葉でいうと、石は、トマトや卵と一緒で、無力である。

ぼくらが、いわゆる新宿米タンのときに手入れを受けましてね。どこかに卵が置いてあったら、これは武器だというので押収された。核時代に、卵がゆゆしきものとして押収されるということに、ぼくは喜劇性を感じたわけですけどね（笑）。そういう卵とかトマトと同じような無力な石を投げることに、どんな意味があるかというと、ドゥチュケ流にいえば、それは武器にならん無力なものであるけれども、今はトマトを大統領にぶつけると、大統領はみっともなくなるということですね。挑発ということは、ついきのうまでは、非常にいやな言葉であったわけだけれども、まんざらそうでもない。

日本だけじゃなくて、ヨーロッパでも、オランダの学生は自分を「プロボ」と呼んでいるでしょう。プロボカトゥールといわれたら昔はたいへんなことだけれども、いまはカッコいいというので、自分をプロボと呼んでいる。

## 柔構造社会

**いいだ**　いま、核で武装しておるような権力、外見は話し合い路線でツルッとしていて、やわらかくて、柔構造で、民主主義なんだけれども、そこにトマトなり石なりを投げてみると、やっぱり核兵器を握りしめていながら非常にヒステリックな体制なんだということが、チラッと見えてくる。しかもその見え方が、大統領にとっては、トマトで顔がベタベタになっちまうような、非常にみっともないコミックな形で暴露される。ドゥチュケらはそういうことをねらっている。

つまり石というのはシンボルであるというようなことがいえると思うんだ。喜劇的象徴的行為なんだよ。

日本で学生が角材をゲバ棒と呼んでおりますけども、ゲバというのはゲバルトのことで暴力礼賛だろうというけれども、ゲバ棒という愛嬌のあるいい方をするのは、学生自身がある意味ではにがい自己ユーモアを持っているんですよ。

**三島**　ぼくも、いいださんに賛成しちゃ困るけれども、そういう説なんだ。

たとえば、財界のお偉方が、ぼくが彼らを弱者と規定するのはとんでもないというけれども、ああいう暴力的な行為をするのは弱者ですよ。人を殺せても弱者なんだよ。女がふられた男を殺すのはしょっちゅうあることでね。自己規定での段階ですでに弱者なんだ。

　文学においては、自己を弱者と規定すると、とってもやりやすくなるんだよ。やりやすくなるということがぼくはきらいで、いままで二十何年ムリをしてきたんです。この期におよんで、何千人、何万人の学生に、そういうやりやすいことをやられたら困るんだね（笑）。

**いいだ**　いやね、ぼくは女性化時代を排するなんていう勿体ない気持ちはからっきしない人間ですからね。そうかたひじ張ってがんばろうという気は最初からないので、パワーレスなんですけどね。自分が核パワーの対極にあった場合に、やっぱり角材をゲバ棒とでも、非常にユーモラスに呼ぶ以外にちょっと方法はないだろうという気がしますね。

**三島**　トマトで思い出したんだけれども、「若人よ蘇れ」という芝居を以前書いたことがあるんです。戦争末期の学生動員の話でね。助教授が、「日本はもう終りかもしれないんだよ。きみらの中でクーデターやる力もないほど、無力なんだけれども、首相官邸の上にトマトを置いてきたら戦争をやめるとしたらどうする。そういうふうにできたらやるか」っていうと、学生が黙っちゃって、トマト置きに行くやつがいないんだ。トマトを置いてくれば、戦争が終るだろうと信じないんだな。信じないから行動が起きないんだ。

いまの学生は、トマト置くだけはやるだろうと思うよ。絶対トマト置きに行くだろうと思う。なかなか勇敢だ。ところが、トマト置いたら革命が起こるとも信じてない。

信じてないことについては同じなんだ。信じてないことから行動を起こすか、信じてないことから行動を起こさないか、ここが分かれ目なんだな、おそらく。

彼らは、きれいにいえば、行動的ニヒリズムというか、ニヒリズムからの出発というか。これをやったって失敗なんだと思いながら、そこから行動を起こすことは、ぼくはわかるつもりだよ。

角材は単なるゲバ棒であって、意味がないんだ。これはパワーレスの武器である。武器という名前すら滑稽なんだ。そういうところから出発してやっている人間だ。そのことはわかる。ただ彼らは、ムダだと信じていれば、どこかで無力感があると思う。その無力感と永久革命はいつも折れ合うものだ。人間はどうせダメだと思うと、非常に理想が観念的になるわな。どうせダメだと思う人間の思っているユートピアは恐ろしいよ。

ぼくは、そんな人間のユートピアとい

うのは、ちょっと飽きあきしたんだ。いまだから飽きあきしたんじゃない。日本の近代文学の歴史の中において飽きあきしたんだ。飽きあきしているときに、世間が信じてないことから行動を起こすようになったものだから、あわてているんですよ。ほんとうの話。

いいださんみたいに、そこから出発できる人はしあわせだけれども、近代文学はもう百年やっていてそのことはわかっている。どうせダメだけどやりますということは、とても……

**いいだ**　おめでたいから、わたしも永久失敗しているのかもしれないが、歴史はひょっとして瓢箪からコマがでるというものかもしれないのですよ。

核権力に対しては、いわば絶対的に無力であらざるを得ない。わたしたちは無力であることからしか出発できない。そこから描くユートピアというものは、当然ある絶対的相貌を呈すだろうけれども、その絶対的相貌を呈するユートピアというものが、核権力というものが対極にあるからこそかえって、なまなましい現実性を持つということもいえるんだ。

昔のように、見果てぬ夢だというふうにだけいえない。もっとなまなましい情勢ですね。歴史において実現されるかどうか別として、少なくとも思惟の問題としてはそれだけの現実性がある。

その他の部分的なあれこれの改善というようなものは、核権力という絶対イメージが対極にありますからね、全部それ自体がむなしいものだという、逆倒立もまたいまあるわけですね。ヤソが言ってるじゃないですか。貧しきものが全世界を得るって。

もう一つ、こういうこともあるんじゃないかな。バリケードというようなものを、学生がいつのころからか築きはじめたわけだけれども、一方には、核権力で絶対武装している体制、一方には、それをどこまでもかくすことができるような柔構造でもって、幾重にも柔軟装置がある。

よくいわれる霞ヶ関ビルみたいなもので、地震で倒れないというように保障されている。柔構造だから、どんな震動があっても、三島由紀夫式に硬く受けとめるんじゃなくて、どこで吸収されたかわからないくらいのところでどんどん吸収して、いつも「わが塔はここに立つ」で立っているわけでしょう。

ですから対極にあるパワーレスなわれわれとしては、自分というものが、いったいどういう相貌しているかということが、非常に定めにくいわけですね。茫漠として溶解しちゃっているわけでしょう。柔構造の中に。

しかもそこにわれわれの漿液が吸い取

られていってしまうわけですから、まったく自我というもののパターンをきめかねると思うんです。そこで学校の椅子を持ち出して、道路のところに並べバリケードを築き、ここからは内側なんだというふうに遮断をして、有限な空間というものをつくり上げる。遊びでもあり、演技でもあるわけだが、それで、自分の顔が限定されてきて、あるパターンというものを持つ。

　とにかくなにがしかの有限な自分の固有な顔が見えてくるわけですよ。その限定なしには、もういまのパワーレスは生きることがむずかしいんだろうという感じがするわけですね。

**三島**　核ばかりでなく、テレビジョンとかマスコミュニケーションが発達してくると、実感として、生命は絶対、把握できない。二次的で、仮象しかないでしょう。

　人間関係は全部委員会になっちゃったというんだけれども、仮象にしか接触できないということになっちゃったから、何が実態かということをいつも嘆くわけだ。実態というものは非常にプリミティブであり、手でさわれるものでなくちゃならない。実感主義の復活が大きな要素になってくると思う。

　しかし、いまあなたのお話を聞いていると、その実感主義のユートピアは観念だね。反対にいえば、向こう側の権力は、イリュージョンかもしれないというふうに思っちゃうんだ。そういう議論を突き詰めていけば、論理的に、核というものがイリュージョンかもしれないという考えになる。

これは毛沢東の「原子爆弾は張子の虎」だという考えで、非常におもしろいと思うんだ。昔、ナセルが、「原爆でも何でも持ってこい」といったことがあるんですよ。

ぼくは非常に感心して、朝日新聞に書いたら、没になっちゃったんだ（笑）。そういうアンティ・ヒューマニスティックな考えは、最もいかんという考えだね。

だけどイリュージョンはそういうもので、実態があるからイリュージョン度が少ないと思っているのは、間違いなんだよ。

つまり、『いまは核があって、核権力がある。これは実態である。こっちには実態がないから、そのかわり観念的なユートピアを遠くに設定し、近くにバリケードを設定する。そして実感から鉄砲のように照星と照門を合わせれば当たる。この二つで何かを撃てる』というわけだ。だが向こうの目標がイリュージョンだったらどうするんだい。

ぼくは、核もユートピアも同じような運命を歩んでいるんだと思う。核というものは、使わなきゃいつイリュージョンになるかわからない恐ろしいものだと思うんだ。使わないことによって恫喝しているけれども、使わないということによって、日に日に不安感というか、不信感が増しているわけだよ。

日本は幸か不幸か核は持っていないけれども、核を持っているやつは、核のイリュージョンというものの恐ろしさを感じている。多核弾頭の原子力潜水艦ができれば、向こうがABMに使った何十億、何百億ドルがパーになっちゃう状況の恐ろしさね。しかもこれは、実際に戦争がおきるんじゃなくて、恐怖のイリュージョンだけでもってお金が実際損していくんだからね。イリュージョンの世界に住んでいるというんでは、ぼくはお互いさまだと思うけどね。

**いいだ**　地球全体をオーバーキルできるような核が蓄積されているということ自体、非常に戦慄的だともいえるけれども、黒いユーモアみたいなところもあるんだよ。漫画的な感じもするわけですよ。

いまの人間は、バリケードで自分の足場を限定して、その足場から挑発的な人的コミュニケーションをやっていく。トマトなり石なり投げてみると、核の先のほうが出てきて、自分の頭をぶん殴る。そこで自分の実態が逆にあるんだなという、自分のかたさみたいなものが出てくる。そこで、その対極のほうへどんどん挑発を進めていって、最後に核が出るのか出ないのかというぎりぎりのところまでやってゆくわけですよ。

**三島** 「さあ殺せ、さあ殺せ」……（笑）。

**いいだ** ええ。ある意味じゃ、ベトナム戦争でずっとエスカレーションしていく過程の中で、「さあ殺せ、さあ殺せ」がどこまで通用するのかということが、ギリギリ試された感じがするんですよ。

ぼくのほうの我田引水にすぎないんだけれども、マクナマラの柔軟反応戦略、これは講釈する必要もないんだけれども、ゲリラが十五人ぐらいのときから世界中に出張してゆく。

うまくゆくとゲバラの時のように、革命の芽をCIAが鎮圧することができる。ところが鎮圧できないで、一刻みエスカレートするときは、エスカレーションの階段に切れ目が絶対できないようにできている。フレキシブルにできている。霞が関ビルみたいな柔構造になっているが、これを最上段まで上がっていくと、そこには核兵器を使う核戦争がある。

つまり同じ絶対濃度でもって切れ目なしに築いてある。そういうエスカレーションの装置というものに対しては、いまのベトナム人民はやっぱりパワーレスだと思うんだ。パワーレスだけれども、竹槍なんか持って、「殺せ、殺せ」でやっていく。

けっきょく核というものは、三島さんの言葉を逆に使わせていただけば、イリュージョンなんであって、使えないんだということだと思うんですよ。だからアジアの黄色い色をした他民族にも、核というのは、実際にはいくら同じ濃度でそこまでつながっておっても、切れ目ができちゃってつかえないんだということになる。

ですからなおのこと、自分の国で、いわゆる内戦なり革命なりに使った場合は、東京の一千万の都民に対して核をぶッ放す気に、佐藤さんなら佐藤さんがなれるかというと、これもたいへんなイリュージョンであって、文学的考えの中ではできるだろうと思うけれども……。

**三島**　実際には絶対できない。

## 自己規定の仕方

**三島**　いいださん、ぼくとあなたの立場の違いというのは、あなたはパワーレスと自己規定している。しかもパワーレスの使う武器は象徴性を脱しないということで、象徴性を脱しないまま少しずつ濃度を増していって、ついに、現実にぶつかる。はっきり、機関銃で撃たれるかもしれない。そこまで身をすり寄せていく方式で、柔構造方式の社会に対処する戦略だね。だが、ぼくの戦略は、そうじゃないんだよ。
　ぼくの戦略というのは、使える武器じゃないものは、武器じゃないという考えなんだ。ぼくは古典主義なんだ。使える武器それだけに自分の目標を置き、自分の行動倫理を置いているから、日本刀なんだよ。
　日本刀を持ち出して、新宿騒乱で殴られた男がいるそうだけれども、そんなこと絶対信じないいんだ。日本刀持ち出したら殺傷するんだよ。殺傷して、場合によっちゃ自分も死ぬんだよ。ぼくはそういう武器しか信じない。使える武器はぼくの芸術観なんだ。それ以外にぼくの頼るところはないいんです。そして、使えない武器っていうものにぼくはけっしてコミットしない。
　ぼくはこう見えても、自民党にコミットしているつもりはないですよ。パワーレスにもコミットしない。使える武器にしかコミットしないというのがぼくの古典主義理論なんだ。自己をパワーレスと規定することは許せないんだな。

**いいだ**　ぼくは、パワーレスと自己規定しているのは、趣味があってしているんじゃなくて、ぼくは実際武器を持ってないから、パワーレスなんだよ。

**三島**　だけど日本刀は買えるよ、刀屋に行けば。

**いいだ**　だけど、核兵器というのは非常に滑稽なイリュージョンであると思うし、日本刀ということのロジックも、そこを発展延長さしていくと、核兵器につながるような一面があって、日本刀は使える武器であるとともに、いくらでもイリュージョン化していい面があって、日本刀も滑稽なものだという感じを持つわけですよ。

**三島**　やっぱり、相互に滑稽だと思っているうちは戦争は起きないんだな。もうちょっとこわがらないとなあ（笑）。

**いいだ**　くだらん世俗な話だけれども、日大闘争で、古田にやとわれた体育部の連中が、日本刀を持ってやってくるわけですよね。白昼、抜き身をひっ下げてね。それはまったく真剣勝負の話ですから、撃退している学生、バリケードを守っている学生側から見ていると、単に日本刀を持って現われる人々が滑稽であるとだけいっちゃいかんのだろうけれども、それにしてもやっぱり何となく、大時代で、サマにならないという感じがしますよ。

**三島**　それがサマにならないというんじゃ、全学連の格好は、大掃除に行くみたいでサマになっていないんだよ。顔を隠して、タオルを巻いて、あれは大掃除だよ。それは美学上の問題で、日本刀を持っていくほうも悪いんじゃないかな。持っていったら斬らなきゃいかんよ。威嚇しているだけだろう。

全学連の格好は、大掃除に行くみたいでサマになっていないんだよ。顔を隠して、タオルを巻いて、あれは大掃除だよ。

**いいだ**　まあ、少しは斬っているね。日大闘争は血を流しているよ。

**三島**　ほんとうかね。少し斬ってる？　ほんとうに斬るんなら、そんなこっちゃいかんわ、持ち出したらバッサリ斬らないかんね。

　まあ、自己をパワーレスと規定するのは文学として非常にやりやすい方法だ。というのは、自己風刺をまずやって、それから権威を自己風刺の似姿にして、権威を何とでも引きずりおろせるんですよ。文学的方法として、一番やりやすい方法だと思うけれども、しかしそういう方法はぼくは嫌いで通してきた。自己風刺だけはするまい。セルフ・ピティに陥りますからね。

　ちょっと体が弱かったり、寝不足だったりすると、セルフ・ピティというのは風刺の裏側にすぐくっついて来るんだ。相手を風刺すると、一見強力に見えるんだけれども、その瞬間にすぐ自己にはね返ってきちゃうというメカニズムがあるんだよ。それが非常にこわい。

　ぼくは非常に弱い人間なんですよ。そういう場合に、自己風刺的なものがセルフ・ピティにつながるということを信じるから、やるまいと思ってきた。これはあなたにも認めてもらわなきゃ困る。いくらあなたに滑稽に見えても……（笑）。

## 凹型とフォルム

**いいだ**　バリケードをつくるのは、自分の顔なら顔をきめていくということですよ。三島さんみたいに自分の顔を持っていて、そのところを手入れしていけばきちんとした顔になっている、そういうサマになっている方もあるんだけれども、そうじゃない大方の私たちは、豆腐みたいなもので顔はないわけでしょう。

多少文学的修辞でいえば、顔のない人間が、どうやって顔を発見するのかというのは、一つの文学的プロセスであって、美学ないしは美容ではないような気がするんですよ。

**三島**　ぼくはそうとは思わないよ。それは自然主義リアリズムだよ。バイロンが、「下僕の目に英雄なし」といったのも同じだよ。もっと弱き英雄だってあり得ると思うんだよ。

それは信じるけれども、自分の顔を人につくってもらうのは気に入らないんだ。そういう顔はパッシブな顔で、鋳型があるから顔があるんだよ。鋳型がなければ永久に豆腐だよ。

**いいだ**　今はね、死ぬにも豆腐の角にでも頭をぶつける以外にない時代なんだよ。

**三島**　いまの社会は、不思議なことに、はっきりしたネガがあると惹かれるんだよ。ネガであっても、そして、自分でネガと思っていると、世間から見るとそれは形なんだよ。これは、学生っていうものに対する世間の見方だな。世間は、学生というものを一つの凸部と見ているね。ぼくは、学生はいかにも凹型というか、ネガとして見ているんだよ。

彼らは、「サア殺せ、サア殺せ」の論理で、自分に何とか顔を与えてもらって、いいださんがいみじくもいったように、警視庁の警棒が自分の顔に触れたとたんに、自分の顔が完成するんだよ。警棒でぶっちゃ損だよ。相手にわざわざ顔を与える（笑）。

**いいだ**　女上位でいえば、凹型なんだけれども、「与えられる」という言葉のつかい方について言えば、自我というものがはっきりあって、凸型にそれが鎧われている場合には、それ以外のものはすべて外からくる、与えられるということになるんだ。

しかし、もともと自我というものが、雌型でしか型どれないということになると、自我というより一種の拡散の中で生きているわけだから、そこでつまり凹型のところに何かはいってきて、型ができるというのは、単に与えられるというんじゃなくて、関係を能動的につくっていく中に型がきまってくるということなんだな。

**三島**　いいださんが誤解しているかどうか知らないけれども、おれは、自分がきちんとした志賀直哉のような人間だと思っていないよ。

おれはあんたと同級生だし、ああいう時代に生きてきたんだよ。おれは自我があるなんて信じたことはないよ。形式ということを考えている。フォルムがあれば自我だ。フォルムは個性でも何でもないんだ。フォルムがあればいいんだ。そういうフォルムを自分の自我にするまで芸術をやっていけばそのフォルムが自我になるし、そういうフォルムは使えるものなんだ、パワーレスの武器じゃなくて、使えば人を殺せるものだ、そういう確信に達した……というと偉そうに見えるけれども、達したいと思うね。

**いいだ**　まあ、三島さんが志賀直哉のようなうらやましい自我を持ってないということは、同世代として当然なわけなんで、三島さんも神なき時代の子でしょうからね。

つまり、どこでそのところをくぐり抜けていくかというと、三島さんのやり方でいえば様式だと思うんですよ。そういう様式でゆくから、あまり「主義」という言葉はつかいたくないけれども、伝統主義となるんでしょうね。

**三島**　うん。ぼくは、そういうフォルムと自分を同一化することにしか、つまり自我を持つことができないんだ。

**いいだ**　三島さんが、自我ということがある種のフォルムだということは、同世代人としてわかるつもりですけどね。ただ、それを様式でトラディショナルにきめていくという、そこのところですね。

**三島**　第三者から見れば、どっちも凹部かもしれない、どっちも凸部かもしれない。

関係における主体と考えれば、ぼくは関係における主体だよ。ぼくとフォルムと、関係における主体しか信じることができないんだよ。主体というものがアプリオリに存在して、その主体に言葉を与えていけば、志賀直哉さんみたいに「不愉快だ、不愉快だ」って、人の顔され見れば「不愉快だ」……。

女房を突きとばしてやっていけば、やっていけるかというと、そうじゃないんだ。関係における主体という動きは、右も左も同じだと思うよ。そこのフォルム……どうやってフォルムに到達するかという問題は、芸術作品に対する考え方といわれるときの、スタイルの問題にも伝わってくると思う。というのは、全学連のスタイルね、「独占資本はァ、断固ォ、粉砕しなければァ……」というスタイルね。

**いいだ**　なかなかうまいね。東大闘争のときやったらいいね。ぼくなんかよりずっとうまいよ（笑）。

**三島**　あのスタイルは、観念がすべっていくんだよ。あのスタイルは、まずスタイルにおいて、フリュイドなんだよ。フワッと流れていくし、どこまで行っても形ができないんだよ。あの演説を聞いていると、形のない、アンフォルメルだろうと思うんだ。

つまり、いま全世界の傾向は、アンフォルメルに集中しているんだ。アンフォルメルほどアッピールするものはないんだ。よくわかっているんだ。

ぼくは最後の一人だから、形、形いっているんだよ。将来どうなるかは明らかだね。あなたは世界的潮流に乗っているわけだ。

**いいだ**　それは違うでしょう（笑）。

**三島**　おれは少数派で、あなたはマジョリティだよ。

**いいだ**　なるほど、女天下なんでしょうなあ（笑）。

その、関係における主体というのは、多少文学論的にいえば、コミュニケーションにおける主体でしょう。それがはたして形がきまってくるものなのかどうか、ということはありますよね。たとえば、アンフォルメルでいえば、最近は彫刻なんかでも、アンダーグラウンド彫刻があって、ニューヨークで、文字通り地面に穴を掘って、「これが彫刻でございい」

ってやったっていう話がありましたね。なかなか凹文化として象徴的だと思うんだけどね。

つまり、子供の積木と同じことやね。積木を積んでおって、ある形がある瞬間できるんだけれども、それは崩しちゃうわけだ。崩しちゃえば、あと残るのは、積木の素材であって、装置だけが残るわけでしょう。そういうものが、アンフォルメルな芸術運動の中にあるだろうと思うんですよ。

子供の遊びとまったく同じことでね。形というものよりは、形がつくられてくるプロセスであるとか、素材であるとかそういうもののほうが大事であって、それが過ぎてしまえば、形はなくなって、もとのバラバラな積木になって、「はい、これでございい」ということになる。

いま三島さんのいわれる形式というのは、やっぱり展示用のものであって、展示が終っちゃえば、もとの積木になっちゃうっていうのは当り前の話なんじゃないの。

**三島**　おれはそうは思わない。プロセスという考えに時間がはいってくるだろ。時間がはいっているからこそプロセスなんだ。時間の先は未来。ぼくは未来を信じないものな。

**いいだ**　いや、ちょっと口をはさむけれども、時間芸術の場合は、未来を信じないでいいのさ。何でもいいんだ、日本舞踊でもいいんだ。日本舞踊は時間芸術ですよ。終っちまえば、その人は残るけれども、振付けの型というのは、一種のイメージとして残るだけで、実際の形は残りませんよね。

**三島**　伝承されるよ。

**いいだ**　なるほど、そういう舞踊みたいな時間芸術は、三島さんからいえば認められるわけ?

**三島**　伝承されれば認める。たとえば、能ではほんとうに形といえるものは、やっている人間が死んじゃったあとに残るものでないとダメなんだ。つまり、やっている人間が死ぬと同時に滅びるものは、能の本来の形ではないんだよ。能における形というのは、シオリというあの泣く形ね、あの形は伝承されて、いろんな形がやってきた。「隅田川」での能役者のシオリは、形だけなんだ。あなたは、あくまでも形を信じたくないという恐怖心と不安が……。

**いいだ**　未来なんか信じなくてもいいわけだけれどもね。ぼくは、たまたま梅若万三郎の最後の「弱法師」を見てるんですよ。ヨロヨロしてね。名演技だとすっかり感心したら、すぐ死んじまった。死に際だから、ヨロヨロしているはずだよね。

**三島**　つまり、未来を信じないということとはだね、つまり自分が終りだということだろう。自分が終りだということは、あとに続くものを信じるということなんだ。あとに続くものを信じるということと、未来を信ずるということは、完全に反対の思想なんだ。

　未来を信ずるという思想は、自分をプロセスと規定するものだよ。高見順があいう気の毒な一生を送ったのは、そういうことなんだよ。

　ただしね、自分が終りだということは、谷崎潤一郎もそうだったろうな。川端さんもそうなのかもしれない。人のことをいっちゃ卑怯なら、おれもそうだ（笑）。あとに続くものを信ずるということは、絶対に未来に対して自分をプロセスと規定しないことだよ、ぼくは、一字一句は、終りだから毎日書く。

**いいだ**　これが男の生きる道だということだな（笑）。ぼくは、そういう任侠道で生きてないんだ。

**三島**　チャンバラ映画ばっかり見ているじゃないか（笑）。

　まあ、しかし、あなたも共産党は嫌いだろうからな。ぼくも共産党は嫌いだ。しかし三派は心情的共感があるから、困るんだ（笑）。

　ぼくは、民青というのは気味が悪くて気味が悪くて、不気味でいやだ。ほんとうに不気味だ。

**いいだ**　どういうふうに気味が悪いですか。

**三島**　ああいうもののいい方とか、ものの わかったようないい方、そこに資本家がいる、ここに役人がいる、政治家がいる……。

民青のやつつれてきたって、みごとにわたり合うよ。「日本も、いまの段階だと独占資本も必要だ」というような、うまいことというんだよ。ほんとうに不潔だねえ。あんなきたならしい感じ持つことないよ。

トリッキーなきたならしさ小悪魔的なきたならしさではなく、もっともっと大きな……、国家権力をきたならしいというと、国家権力に匹敵したきたならしさがあるんだ。

しかし三派のきたならしさは、国家権力に匹敵しないよ。小悪魔的だな。ぼくは、バカでもきれいでいたいね。必ずしもきれいじゃないかもしれないが……。それは一種の古典主義的なナルシシズムだよ。

**いいだ**　いや三島さんの話聞いて、ひやかすわけじゃないけれども、「一本刀土俵入り」を思い出したんだ（笑）。

**三島**　ハッハッハッ……。

**いいだ**　使える武器がいいからって、刀で生きようとするけれども、これは相撲やくざになっちゃうのもいるわけだ。刀というのは、白刃のすさまじさよりも、やっぱり「これが一本刀土俵入りでござんす」という落ちになるんじゃないの。

**三島**　落ちになったっていいよ。それが男の生きる道（笑）。つまり滑稽なものは滑稽なんであって、主観的に滑稽というところに、学生たちの弱さがあると思う。

ほんとに滑稽だということは、客観的に滑稽ということなんだ。われわれが意図することは、客観的に滑稽であること。そして、客観的に滑稽であってもいいと思うんだ。しかし主観的に滑稽だと思ったら、人間負けだよ。そういうことだけは絶対やっちゃいかんと思う。

**いいだ**　「一本刀土俵入り」になってもかまわんということは、それなりにお覚悟であるけれども、文学論じゃなくて、ごくありふれた政治論でいうと、使える武器が一本刀でやるほかないということになると、三島さんの論法でいくと、ゲリラをかりにやらないとすれば、クーデター以外に、政治的表現行為はなくなっちゃうね。

**三島**　なくなっちゃうね。いまやっていることは、凹的なんだ。全部凹的なんだ。そして欺瞞だよ。わかりやすい欺瞞なんてありゃあしないだろう。これはほんとうにいかんと思うな。

**いいだ**　三島さん、たとえば三無事件みたいなことね。未来の問題としてクーデターが起きて、男同士一緒にやってくれということになったら、やりますか。

**三島**　やるやる、やるよ（笑）。おれはやるねえ、こりゃあ。たいてい失敗するだろうが、やるねえ。ただ、ぼくはね、いま日本は、必ずしもクーデターやらなくていいという説なんだ。もっといろんな条件があるんだよ。

**いいだ**　いろんな条件をちょっと聞かしてよ。

**三島**　きょうは、秘密でちょっと聞かさない（笑）。

**いいだ**　一本刀、なかなか戦略戦術があるんだな。

**三島**　そうなんだ、あるんだ。

**いいだ**　戦略戦術を持つと、一本刀の美学がなくなるよ。

**三島**　そんな挑発するな（笑）。

## 対話の排除

**司会**　学生運動で、言葉とコミュニケーションの問題をどうお考えになりますか。

**いいだ**　だいたい学生運動は、コミュニケーションが通ずるという現実の上に立っているんじゃなくて、コミュニケーションというものは成り立たないし意味がないんだという原理の上に立っているんじゃないですか。

**三島**　まったく同感だね。学生たちと座談会をやったけれども、彼らのいうことはよく言えば、詩だよ。詩をいっているのに、対話しようなんてバカなやつが現われる。どうやって詩と対話するんだよ。対話のしようがないじゃないか。あれが洗練されるとマヤコフスキー、あれも時代のちょうど谷間に生まれちゃった人間だけれども。

ただ、三派は詩になってもらっちゃ困るんだな。われわれのやっていることと同じになるもの。永遠の言葉の循環する悪い地獄にはいっちゃうことになるんだ。詩になれば、ソビエトの吟遊詩人、いま軟禁されているエフトシェンコ……ソビエトがああいう社会になって詩になるほかなかったんだろう。

**いいだ**　対話はいやなんですよ、やっぱり。

**三島**　それはよくわかるじゃないの。

**いいだ**　対話を信じないわけでしょう。それは現代人にとって、ふつうの感じじゃないですか。商売や取り引きがあるから、対話が成り立つという原理の上でわれわれは演技しているんであって、対話なんてものはあまりうまくいかんし、いやだということはあるんじゃないですかね。こういう対話をしながらそういうことをいっているのは失礼になるけれども……（笑）。

**三島**　いや、おれは対話なんかするつもりで来やしないよ。ばかばかしい、おれは詩をいっているんだ。詩と散文がどうやって対話できるんだ。

　この間だってね、座談会で坂田（道太、当時文部大臣）という代議士が対話的にものをいう。と、全部罵倒されるんだ。こんど文部大臣になったが、対話なんてものは、やめてほしいと思うんだ。美濃部（亮吉。経済学者。当時東京都知事）みたいな対話もあるからな。ぼくは気持悪い、あんなニッタラニッタラ……。ほんとにゾーッとするな。ああいう男、やだねえ。でも、あれがやっぱりいまの大衆社会の平均値じゃないかな。ニコニコ、ニコニコ、対話しましょう。ニコニコ、ニコニコ、皆さんの生活が大事です、ニコニコ、ニコニコ、大学のトイレットペーパーを補給しましょう。ニコニコ、ニコニコ……これが平均じゃないの。

**いいだ**　この間、一〇・二一のときの横浜市大の決起集会に呼ばれて、夜まで議論したんですがね。女上位時代やから、女の子が立ってビラをくれた。それによると、おれたちはブタだというんだ。その仲間の一匹のブタが、いわば民青のブタなんだな。主人が来たときに、そのブタはこういうふうにいった。「わたしは豊かなふとったブタになりたいんだ。だからもっとたくさん飼葉をくれ」。そうしたら主人は、ニコニコして、「お前はいい子だ」ということで、濃厚な飼料をたくさんくれるようになった。そのブタは豊かにふとったブタになり楽しく暮らしています、ということが書いてあるんだ。

そこから先、どういうふうに続くかというと、おれたちは痩せたブタでも、ふとったブタでも、要するにブタになりたくない。ブタ小屋自体が気に食わないんだ。ブタ小屋をぶっこわそうじゃないか。そのためにあしたは新宿に行こう。そういう考え方なんですよ。もうちょっとふとったブタになりたいというふうには、みんな考えていないんじゃないの。

一千万人とニコニコして対話をして、ちょっと格好が悪いなと思っている人もいるだろうし、そうかと思うと、痩せたソクラテスのほうがいいように、悲劇的に思う人もいる。

**三島**　あの人、痩せたブタになっちゃったよ（笑）。

**いいだ**　そうなると、どっちもたいしたアレじゃない。

**三島**　きみ、そんなことといって軽視しちゃいかんよ。日本じゅうブタだね、ほんとうに。ブタ小屋だね、日本て国は。ブタを敬遠したらたいへんなことになる。ぼくはね、ブタを敬遠しないな。ブタぐらい恐ろしいものはない。

**いいだ**　これはちょっとあんたの貴族趣味にのせられたな……（笑）。

**三島**　ぼくは、絶対ブタになりたくないけれども、ブタは絶対軽視できない。ブタをいかにキャッチするかということを、痩せた人間は考えないのか。ブタをいかに飼育するか、ブタは檻に入れて飼えばいいだろう。

**いいだ**　それは、支配者の方も一生懸命考えて、ニコニコして対話ムードを出しているわけでしょう。坂田文部大臣みたいに、もう少し明るい大学にしてあげますって。

**三島**　それは大ウソですよ。東大紛争でも、なぜ十一月十二日の時点に、三派に大学封鎖させないか。そうすれば、必ず機動隊導入できたし、三派だって警棒を頭に当てることができたんだよ。三派にとってもよろこび、機動隊にとってもよろこび、政府もよろこび国民もよろこぶ。みんながよろこぶことをやらないで、みすみす共産党の戦術転換に乗せられちゃった。

**いいだ**　三方一両得か（笑）。三島さんの大岡裁きだな。ところで、三島さんは七〇年には死ぬ覚悟ですってね（笑）。ひとつ、七〇年には一乗寺下り松あたりで決闘しますか。わたしはパワーレスだから、宮本武蔵のように格式を無視して後からかかりますけどね。

# 都市出版社版・あとがき

70年11月末日

故人が〝文武両道〟などということをやかましく唱えだした時、私はそのことを必ずしもさほど珍奇なアナクロニズムとは思い做しませんでしたが——けだし、時代の危機にあたっては、あらゆる怪異なアナクロニズムが最新式の思想的装いをまとって噴き出してくるものなのです——、世の中にか（蚊）ほどうるさきものはなしぶんぶ文武と夜も眠れず、という江戸町人の狂歌を思い出しました。

サムライの尚武のこころというようなものをまるきり持ち合わせていない私にとっては、まだしも町人の狂歌するのココロのほうが、よほどちかしかったのにちがいありません。

文武両道とは、もともと、今様に申せば、支配権力のヘゲモニー装置＝統治術のことにほかなりませんが、その支配下の被治者大衆は、あいにくなことにいつも非文非武、つまり文盲無告にしてパワーレスな〝無道〟の民なのです。したがって、江戸封建制の危機に当っては、ヘゲモニー装置の再編は、そのような被治者大衆の心術をもすくいあげるべく、さかしらな儒教イデオロギーを遡原的に超えて、たとえば惟神《かんながら》の道といった復古的な国学イデオロギーをも創製せざるをえませんでした。このこと自体が、サムライの道の破綻を示すものでした。

古代共同体以来の天皇教には、本来は、祭政一致はあっても、言行一致とか文武両道とかはありません。そこに、故人の雑炊学問的な賢《さかしら》の無知とでもいったものがよくあらわれておりますが、死の跳躍を敢行した故人の最終演技が現実の大衆的生活過程においては孤立した思想的喜劇に終らざるをえなかったことも、この〝賢〟と関係があるように思います。

故人は、結局のところ、ブルジョア支配階級の余計者であったばかりではなく、魂《たま》呼びによって大衆的共同体に帰着させることのかなわない遊離魂でもありました。

私は、賢人の演じた一見アナクロニックなアクション・ペインティングを、前近代的表現ではなく、近代日本の危機の尖鋭な一表現であり、さらにいえば、日本的表現ではなく、世界的近代の危機の鋭い一表現である、とみなすものですが、それにしても、この浮遊する御霊《ごりょう》を鎮静させるには、特別な供養の仕方が必要であるように思います。正直にいえば、それは私個人の養命にとっても必要でした。

自家広告の蛇尾を付けさせていただくならば、故人の生前に書かれた私の鎮魂的批評をぜひ味読してください。もちろん、文章はすべて発表時のままです。私は、この結果が出てからさかしらの論を成す賢者ではないつもりです。

いわば野辺送りのごたごたに乗じて、旧友矢牧一宏（都市出版社社長）の慫慂に応じて編まれたこのような本が、どれだけ時代の横死者の供養になるのかは分りかねますが、たしなみぶかいサムライの道はいざ知らず、私どもには古来、号泣儀礼というものがあります。私は、一個の職業的なトムラヒババ、あるいはナキババとして、この本を世に献ずるわけですが、号泣の仕方に多少巧拙高低をまぬかれないところがあるとすれば、それは俗にいう五合泣き、一升泣きのたぐいで、布施米の多寡によるものであると、御承知ありたい。

一九七〇年一一月末日

〈檄〉

# 楯の会隊長

三島由紀夫

われわれ楯の会は自衛隊によって育てられ、いはば自衛隊はわれわれの父でもあり、兄でもある。その恩義に報いるに、このやうな忘恩的行為に出たのは何故であるか。かへりみれば、私は四年、学生は三年、隊内で準自衛官としての待遇を受け、一片の打算もない教育を受け、またわれわれも心から自衛隊を愛し、もはや隊の紫外の日本にはない「真の日本」をここに夢み、ここでこそ終戦後つひに知らなかった男の涙を知った。ここで流したわれわれの汗は純一であり、憂国の精神を相共にする同志として共に富士の原野を馳駆した。このことには一点の疑ひもない。

われわれにとって自衛隊は故郷であり、生ぬるい現代日本で凛烈の気を呼吸できる唯一の場所であった。教官、助教諸氏から受けた愛情は測り知れない。しかもなほ敢えてこの挙に出たのは何故であるか。たとへ強弁と言はれようとも自衛隊を愛するが故であると私は断言する。

われわれは戦後の日本が経済的繁栄にうつつを抜かし、国の大本を忘れ、国民精神を失ひ、本を正さずして末に走り、その場しのぎと偽善に陥り、自ら魂の空白状態へ落ち込んでゆくのを見た。政治は矛盾の糊塗、自己の保身、権力欲、偽善にのみささげられ、国家百年の大計は外国に委ね、配線の汚辱は払拭されずにただごまかされ、日本人自ら日本の歴史と伝統を潰してゆくのを歯噛みしながら見ていなければならなかった。

われわれは今や自衛隊にのみ、真の日本、真の日本人、真の武士の魂が残されているのを夢見た。しかも法理論的には自衛隊は違憲であることは明白であり、国の根本問題である防衛が、御都合主義の法的解釈によってごまかされ、軍の名を用ひない軍として、日本人の魂の腐敗、道義の頽廃の根本原因をなして来ているのを見た。もっとも名誉を重んずべき軍が、もっとも悪質の欺瞞の下に放置されて来たのである。自衛隊は敗戦後の国家の不名誉な十字架を負ひつづけてきた。

自衛隊は国軍たりえず、建軍の本義を与へられず、警察の物理的に巨大なものとしての地位しか与へられず、その忠誠の対象も明確にされなかった。

われわれは戦後のあまりに永い日本の眠りに憤った。自衛隊が目覚める時こそ日本が目覚める時だと信じた。自衛隊が自ら目覚めることなしに、この眠れる日本が目覚めることはないのを信じた。憲法改正によって、自衛隊が建軍の本義に立ち、真の国軍となる日のために、国民として微力の限りを尽くすこと以上に大いなる責務はない、と信じた。四年前、私はひとり志を抱いて自衛隊に入り、その翌年には楯の会を結成した。楯の会の根本理念はひとへに自衛隊が目覚める時、自衛隊を国軍、名誉ある国軍とするために命を捨てようといふ決心にあった。

憲法改正がもはや議会制度化ではむづかしければ、治安出動こそその唯一の好機であり、われわれは治安出動の前衛となって命を捨て、国軍の礎石たらんとした。国体を守るのは軍隊であり、政体を守るのは警察である。政体を警察力を以て守りきれない段階に来てはじめて軍隊の出動によって国体が明らかになり、軍は建軍の本義を回復するであろう。日本の軍隊の建軍の本義とは「天皇を中心とする日本の歴史・文化・伝統を守る」ことにしか存在しないのである。国のねじ曲がった大本を正すといふ使命のためわれわれは少数乍ら訓練を受け、挺身しようとしていたのである。

しかるに昨昭和四十四年十月二十一日に何が起こったか。総理訪米前の大詰ともいふべきこのデモは、圧倒的な警察力の下に不発に終わった。その状況を新宿で見て、私は「これで憲法は変わらない」と痛恨した。その日に何が起こったか、政府は極左勢力の限界を見極め、戒厳令にも等しい警察の規制に対する一般民衆の反応を見極め、敢えて「憲法改正」といふ火中の栗を拾はずとも、事態を収拾しうる自信を得たのである。治安出動は不要になった。

政府は政体護持のためには、何ら憲法と抵触しない警察力だけで乗り切る自信を得、国の根本問題に対して頬っかぶりをつづける自信を得た。

これで左派勢力には憲法護持のアメ玉をしゃぶらせつづけ、名を捨てて実をとる方策を固め、自ら護憲を標榜することの利点を得たのである。名を捨てて実をとる！政治家にとってはそれでよからう。

しかし自衛隊にとっては致命傷であることに政治家は気づかない筈はない。そこで、ふたたび前にもまさる偽善と隠蔽、うれしがらせとごまかしがはじまった。

銘記せよ！

実はこの昭和四十五年（注、四十四年の誤りか）十月二十一日といふ日は、自衛隊にとっては悲劇の日だった。創立以来二十年に亘って憲法改正を待ちこがれてきた自衛隊にとって、決定的にその希望が裏切られ、憲法改正は政治的プログラムから除外され、相共に議会主義政党を主張する自民党と共産党が非議会主義的方法の可能性を晴れ晴れと払拭した日だった。論理的に正に、この日を境にして、それまで憲法の私生児であった自衛隊は「護憲の軍隊」として認知されたのである。これ以上のパラドックスがあらうか。

われわれはこの日以後の自衛隊に一刻一刻注視した。われわれが夢みていたやうに、もし自衛隊に武士の魂が残っているならば、どうしてこの事態を黙視しえよう。自らを否定するものを守るとは、何たる論理的矛盾であらう。男であれば男の矜りがどうしてこれを容認しえよう。我慢に我慢を重ねても、守るべき最後の一線をこえれば決然起ち上がるのが男であり武士である。われわれはひたすら耳をすました。しかし自衛隊のどこからも「自らを否定する憲法を守れ」といふ屈辱的な命令に対する男子の声はきこえてはこなかった。

かくなる上は自らの力を自覚して、国の論理の歪みを正すほかに道はないことがわかっているのに、自衛隊は声を奪はれたカナリヤやうに黙ったままだった。

われわれは悲しみ、怒り、つひには憤激した。諸官は任務を与へられなければ何もできぬといふ。しかし諸官に与へられる任務は、悲しいかな、最終的には日本からは来ないのだ。シヴィリアン・コントロールが民主的軍隊の本姿である、といふ。しかし英米のシヴィリアン・コントロールは、軍政に関する財政上のコントロールである。日本のやうに人事権まで奪はれて去勢され、変節常なき政治家に操られ、党利党略に利用されることではない。

この上、政治家のうれしがらせに乗り、より深い自己欺瞞と自己冒涜の道を歩まうとする自衛隊は魂が腐ったのか。武士の魂はどこへ行ったのだ。魂の死んだ巨大な武器庫になって、どこへ行かうとするのか。繊維交渉に当たっては自民党を売国奴呼ばはりした繊維業者もあったのに、国家百年の大計にかかはる核停条約は、あたかもかつての五・五・三の不平等条約の再現であることが明らかであるにもかかはらず、抗議して腹を切るジェネラル一人、自衛隊からは出なかった。沖縄返還とは何か？本土の防衛責任とは何か？アメリカは真の日本の自主的軍隊が日本の国土を守ることを喜ばないのは自明である。あと二年の内に自主権を回復せねば、左派のいふ如く、自衛隊は永遠にアメリカの傭兵として終わるであらう。

われわれは四年待った。最後の一年は熱烈に待った。もう待てぬ。自ら冒涜する者を待つわけにはいかぬ。しかしあと三十分、最後の三十分待たう。共に起って義のために共に死ぬのだ。日本を日本の真姿に、戻してそこで死ぬのだ、生命尊重のみで魂は死んでもよいのか、生命以上の価値なくして何の軍隊だ。今こそわれわれは生命尊重以上の価値の所在を諸君の目に見せてやる。

それは自由でも民主主義でもない。日本だ。われわれの愛する歴史と伝統の国、日本だ。これを骨抜きにしてしまった憲法に体をぶつけて死ぬ奴はいないのか。もしいれば、今からでも共に起ち、共に死なう。われわれは至純の魂を持つ諸君が、一個の男子、真の武士として蘇ることを熱望するあまり、この挙に出たのである。

1978·11·25 三島由紀夫

書名　1970・11・25 三島由紀夫
著者　いいだもも
2020 年 1 月 25 日　第 1 版　第 1 刷　発行

編集・発行人　末井幸作

発売　株式会社　明月堂書店
〒 162-0054 東京都新宿区河田町 3-15 河田町ビル 3 F
電話 03-5368-2327 FAX03-5919-2442
カバー・表紙・グラビアデザイン　井上則人デザイン事務所
定価はカバーに記載しております。

ISBN978-4-903145-72-3 C0095 ¥1364